祁智“芝麻开门”成长书系

祁智 著

羊在天堂

江苏凤凰少年儿童出版社

作者介绍

祁智，凤凰出版传媒集团编审，江苏省作家协会副主席，一级作家，国家有突出贡献的中青年专家，南京大学特聘教授，第四届江苏省“德艺双馨”中青年文艺工作者，第二届“书香江苏”形象大使，江苏文艺“名师带徒”计划名师。在儿童文学创作方面，著有长篇小说《芝麻开门》《小水的除夕》，长篇童话《迈克行动》《奶牛阿姨》，短篇作品集《羊在天堂》《一星灯火》《除夕的马》，诗集《告诉你一个秘密》等。

曾担任“曹文轩纯美小说系列”、“黄蓓佳倾情小说系列”、金波“我喜欢你”系列，以及周国平、毕淑敏、张之路、秦文君、杨红樱、沈石溪、汤素兰等著名作家重要作品的策划和责任编辑。获国家大奖21次。

我们吃饭的时候，
小羊就伏在我的脚上。
我的脚热热的，
我的腿热热的。

目录

点　火

一

我们仰面躺在草堆上。

好长时间没有下雨，麦秸秆干爽，散发出淡淡的草香。麦秸秆中间是空的，所以草堆是蓬松的。人躺在草上，陷在草里面，舒服得不想起来。我们喜欢躺在麦秸秆上，不喜欢躺在稻草上。稻草是瘪的，躺上去结结实实，还有一股霉味。

刚放寒假的新鲜感过去了，离年三十还有好几天。

“小水，我要是能住在草堆里就好了。”孙定远跷着二郎腿，咬着一根麦秸秆。他的爸爸妈妈是哑巴。他原来说话结巴，不过现在好了，只要不让他急，说话就没有问题。

孙定远现在有一个外号叫“八哥”。

孙定远喊的“小水”是我，我的名字叫“小水”。

我翻过身，趴着问：“你不是有家吗？你住草堆里做什么？”

“好玩啊。”孙定远也翻过来，和我头碰着头，“总是住家里有什么意思？晚上上床，第二天起来，天黑了又上床。一点意思也没有。”

“被子呢？你住到草堆里，你家肯定不会答应的。你没有被子怎么办？”我问。

孙定远笑着说：“我都住草堆了，还要被子做什么？我晚上往草堆里一钻就行了。”

孙定远总是有奇怪的想法。有一阵子，他很想两只手能变成两个翅膀，这样就可以飞了。还有一阵子，他希望两个脚板能变成鸭蹼，在水里游，一定快得谁也追不上。

“那——芦花鞋你还要吗？”肖路军问。

孙定远说：“要啊。”

“要？你要芦花鞋做什么？”肖路军问。

“万一我成了鸟呢？”孙定远睁大眼睛说，“我要是成了鸟，我就住在芦花鞋里，省得做窝了。”

肖路军忍不住站起来:“哈哈哈哈,八哥,你要么住草堆里,要么住芦花鞋里,就是不要住家里啊?”

“嘘——”我让大家别说话。

我们看到,一条黑狗匍匐着逼近一个草堆。它尽量贴着地面,头像犁一样推着鼻尖的草。它爬几步,就趴伏着不动,再继续爬。突然,它纵身一跃,像箭一样射向草堆。

“汪!”黑狗大声叫着。

“轰!”草堆上的一群麻雀,被突然站起来的肖路军吓得飞走了。更远一点的草堆上的麻雀,也跟着飞走了。

“哈哈哈哈……”我们笑得很开心。

黑狗骄傲地站在草堆上,得意地看着我们。

“箭头!”刘锦辉招手说。

黑狗跳下那个草堆,爬上我们的草堆。它把头钻到刘锦辉的怀里,眼睛笑眯眯地看着我们,嘴里快活地“呜呜”叫着。

黑狗是刘锦辉家的,名字叫“箭头”。

我们又仰面躺到草堆上。

天没有什么好看的,没有云,光秃秃地罩在很高的地方,等着太阳爬上去。太阳好像没有什么力气,吃力地挂在树枝上。

二

桐村的东面是西来街。西来街南北走向，桐村东西走向，它们形成了一个“T”字。在桐村和西来街之间，是一大片空地。这里从春天到秋天都种菜，冬天荒着，堆着街上和村里人家的麦秸秆。

大大小小的草堆，像高高低低的山。

空地上还有一个更棚。更棚没有四壁，四根木柱支撑着八字形的屋顶。屋顶是麦秸秆铺的，用几块水泥预制板压着，防止被风吹散。

“嗤——”金剑明划亮一根火柴。

我问：“你带火柴做什么？”

“我是上街买火柴的啊，不然怎么会在你们这里。”金剑明说，“我看看火柴能不能划亮。”

孙定远和肖路军家在西来街上，我和刘锦辉家在桐村，我们是约好到空地上玩的。金剑明家住腰沟埭。他早上上街买火柴，拐到我们这里玩。

“我上次买的火柴潮了，回去划不亮。”金剑明说着，又划亮一根。

“让我也划一根吧。”肖路军说。火柴头在火

柴盒的磷上用力一擦，“嗤——”火柴头亮了。他抓住火柴棒的最末端。火苗快烧到他的手了，他才丢开。火柴棒在下落的时候，把最末端也烧了，落到地上成了一截黑丝。

我们划着火柴玩。

孙定远左手握着火柴盒，让火柴盒的磷向上，再让火柴头站在磷上，大拇指压着火柴棒的最上端。右手指一弹，火柴头从磷上擦过，“嗤”地亮成一个小火苗。

小火苗像流星一样，从我们面前飞过，又飞过刘锦辉的头顶，掉在他身后不远的地上。

“要是在晚上就好了，‘嗤！’亮了！”孙定远两手举过头顶，向外做着放射性的动作，“我们晚上来吧。”

肖路军摆着手说：“八哥，我晚上没有空，我要编芦花鞋。”

肖路军家从老祖宗开始，就做芦花鞋生意。我们这个地方靠长江，江滩上都是芦苇。深秋之后，芦花像雪。芦苇秆可以做芦壁，芦花可以做芦花鞋。

芦花鞋很便宜，但暖和。穿一个冬天，明年再换一双新的。

“我家住腰沟埭，家里肯定是不让我晚上出来的。我要赶紧回家了，我出来的时间太长了。

啊呀!”金剑明突然叫起来,快要哭了,“我的火柴被划光了。我怎么回去啊?我是出来买火柴的啊!”

火柴盒的磷被划得不像样子,火柴棒也少了一大半。

“我家里有,我回去拿。”我说。

“小水你不能走,我要和你商量事情。”孙定远掏出钥匙给刘锦辉,“螳螂,你跑一趟,你跑得快。你到我家厨房去,碗橱上面有火柴。”

“你家少了东西怎么办?”刘锦辉说。他很少说话,说话的声音很小。他家里穷,总是穿爸爸的衣服,衣服和裤子比我们的长。

“做一件衣服啊,我帮你。”我和刘锦辉是铁杆好朋友。

刘锦辉小声说:“我长得快,今年做,明年就嫌小了;明年做,后年就嫌小了。”

“那就不穿新衣服啊?”我说。

刘锦辉挽着袖管说:“我先穿我爸爸的。以后再做新的,连袜子都做新的!”

刘锦辉的腿特别长,这使得他的上半身像安放在两条腿上。他腿长,跑起来飞快,有一个外号叫“螳螂”。

孙定远把钥匙塞进刘锦辉的手里说:“我家没什么东西。”

"万一我进去了，你爸爸妈妈回来怎么办？我和你爸爸妈妈怎么说得清？"刘锦辉有些为难，"让肖路军陪我去吧。"

孙定远的爸爸妈妈都是哑巴，在肖路军家开的芦花鞋厂做工。

"我跑不过你。我跟你跑，要跑死的。"肖路军摆着手说。

孙定远满不在乎地说："我家值钱的东西，都被我妈妈锁进箱子了，箱子钥匙挂在我爸爸的裤腰上。快去啊。"

"噢。"刘锦辉穿着他爸爸的棉衣，人像被灌进去一样。

箭头好像知道要去哪里，撒开腿跑在前面。

刘锦辉迈开两条长腿。他很快穿过空地，上了西来街西河上的小桥，钻进西来街的弄堂。

孙定远家在街上很好找，他家有一棵大槐树。

"商量什么事呢？"我问孙定远。

孙定远把我们拢到一起说："我有一个好主意。我们晚上来放火吧？"

"啊？"我们吓了一跳。

"想想啊，晚上，这里有一堆大火。"孙定远的脸涨得通红。

我兴奋起来："然后呢？"

"对啊，然后呢？"肖路军问。

"没什么然后啊，就是这里有一堆大火，大家来救火，我们也跟着救火。"孙定远压低声音激动地说，"但是，没有人知道，火是我们放的。"

"啊呀！"我和肖路军一阵赞叹，我们好像看到了大人慌慌张张救火的情景。

"你们……不怕公安抓啊？"金剑明说。

孙定远撇着嘴说："为一堆草，公安会来啊？"他又说："就算是公安来了，怎么知道是我们放的呢？除非你说出去。"

"不不不，我不会说的。"金剑明连忙说，"我说出去做什么呢？又不是我家的草堆，我家的草堆在腰沟埭。"

"烧我家的草堆。"孙定远坚定地说。

我急忙说："不不不，烧我家的。我家用草用得少。"

"烧我家的。"肖路军把手举到孙定远的鼻子尖，"我家草堆烧掉了，还有芦花鞋的下脚料呢。"

"烧我家的。我爸爸妈妈是哑巴，哑巴吃亏说不出。"孙定远笑着说，"再说了，主意是我出的，就得烧我家的。"

孙定远的道理很硬。

"那——八哥，我送你家一人一双芦花鞋，上面有公鸡毛的。"肖路军对孙定远说。

我对孙定远说:“我请你吃猪油红汤葱花面。”

我妈妈在西来车站饭店工作,猪油红汤葱花面再好吃不过了。

“我——八哥,一过年,我送你一只小羊羔。”金剑明对孙定远说。

箭头从西来街的弄堂那里跑来。

刘锦辉跟着出了西来街的弄堂,眨眼工夫跑到我们身边。

四

孙定远把情况对刘锦辉说了一遍,然后说:“到时候你放火。你放完火就跑,你跑得快。”

“你们呢?你们在哪里?”刘锦辉绞着衣摆,小声问。

“你不要管我们在哪里,你放完火就跑,再慢慢绕回来看热闹。”孙定远指向远处,手指又绕一个圈子回到面前。

我担心地说:“不对啊!火着了,刘锦辉在跑,大人不就想到是他放的火啊?”

刘锦辉、肖路军和金剑明点着头,赞同我的话。

“你们不想想啊。”孙定远摇摇头说，“我们是晚上放火。晚上放火，哪个能看到螳螂在跑？人一闪，就到了黑暗里。”

“呼！一闪！”孙定远劈着手。

金剑明说：“像一阵风。”

“像一片芦花！”肖路军说。

“哈哈，不能是芦花。芦花遇到火，还不被烧掉啊？”孙定远说，“还是像风好。呼！风一吹，火大了。”

“太好了！”我们说。

箭头仰着头看着我们，跟着“汪汪”地叫着。

“螳螂，你拿的火柴呢？”孙定远问。

刘锦辉从裤袋里掏出一盒火柴说：“八哥，你——你想好了，你家碗橱上只有这一盒火柴了。”

“一盒就一盒。”孙定远说。他拿过火柴，投到金剑明的怀里。

金剑明接过火柴：“我要回去了，家里等火柴呢。”他看看快到头顶的太阳，急急忙忙跑了。

我们也散了。

我和刘锦辉回村里。

孙定远和肖路军回街上。

“哎！小水，螳螂！”孙定远没走多远，追过来说，“忘了一件大事。没定时间呢。晚上几点放火呢？”

我们互相看看。

“小水，你说呢？”孙定远问。

我想了想说：“等车站末班车开走，刘锦辉就放火。”

“呃——”刘锦辉红着脸，“能不能不说放火？说……点火，对，点火。说点火好不好？”

我们一愣，觉得刘锦辉的话很有道理。“放火”，容易让人想到“杀人放火”，是干坏事。但是，“点火”是好事，比如点火做饭，点火烧窑，点火烧荒，哪怕是点火抽烟。

“对，点火，点火！”孙定远拍拍刘锦辉的肩膀说。

我笑着说：“哈哈，点火！好！”

刘锦辉也笑了。

西来车站和靖江城有来往的班车，末班车晚上 7:00 开出。其他班次都是随到随走，末班车却要准点。开末班车的驾驶员为了提醒乘客，会用劲按喇叭。

“来来来，你们都围过来。”孙定远张开双臂，把我们拢到一起。他绷紧脸皮，压低声音说：“就这么定了。注意车站饭店的喇叭。喇叭一响，螳螂马上点火。火一点，马上跑！”

我们严肃地点点头。

我觉得，我的头皮都紧了，头发一根根竖了起来。

“可是，金剑明还不知道呢。”肖路军望着金剑明去的方向说。

“这个好办。”我写了一张纸条，交给刘锦辉。

刘锦辉抓着纸条，指着金剑明去的方向说：“箭头！”

箭头浑身绷紧，向上一跃，咬住纸条。它的脚刚落地，就蹿出去好几米远。

五

孙定远的点子，就像火柴棒从火柴盒的磷上划过，刹那间把我们点亮了。

过几个小时，天黑了，我们这里将有一场大火。大火一定会映红半边天，火苗舔得人脸发烫。

这样的景象，鼓舞着我们。

我回到家，先把小闹钟摆到饭桌上。

快 12:00 了。

腊月二十过后，车站饭店忙，妈妈中午不回来给我做饭。我或者到饭店去吃，或者自己烧开水下馄饨。

馄饨是妈妈抽空包好的，一个一个摆在竹匾里，放在西厢房的窗下。那里是屋里最冷的地方，又吹不到冷风。馄饨如果被冷风吹了，会裂开口子，下到锅里就成菜汤了。

吃完馄饨，才过去20分钟。

距离晚上7:00，还有六个多小时。

“小水！”孙定远急匆匆来了。

我迎上去问：“怎么了？”

“你家的小闹钟现在是几点啊？”孙定远从棉袄口袋里拿出一个小闹钟，“我怕我家的不准。”

我赶紧把小闹钟拿出来：“看看，12:55。你的呢？”

“12:53。”孙定远说。

“是你的准还是我的准？”我问。

孙定远一边调着小闹钟，一边说：“你的快，算你的准。”

肖路军来了，指着我和孙定远手上的小闹钟问：“你们有什么事吗？”他在家，动不动就探出头，看着街上的动静。他看到孙定远出门，赶紧跟了过来。

孙定远说：“没什么事，就是对对时间。”

“你们不会提前动手吧？”肖路军用怀疑的目光，看看孙定远，又看看我。

“怎么会呢？”我说。

孙定远要对肖路军说什么，箭头忽然到了。它摇头摆尾，在我们几个人的腿之间钻来钻去。

刘锦辉跟着就到了，小声问：“你们都在啊？几点了？”

“马上……快到1：10了。”我盯着小闹钟上的指针说。

“啊，还要等多少时间啊？”肖路军抬头看看天，“这怎么等啊？”

我说：“不等？不等又能怎么办？天又不会现在就黑下来。”

“对！”孙定远忽然说，“提前动手！”

“啊？”孙定远的话吓了我一跳。

箭头“唰”地竖起了耳朵。

“我说的吧。我就知道你们会提前动手。”肖路军嘟着嘴说。

我赶紧对肖路军说：“真的没有说提前动手啊。”

“要提前动手，也得我提前啊。”刘锦辉对肖路军说，“我刚才比你还晚到呢。”

孙定远向肖路军眨眨眼睛：“是你提醒了我。”

“我？”肖路军问。

孙定远没回答肖路军，说：“提前吧，提前到3：00。”

“为什么？”我们问。

孙定远激动地搓着手，一副要大干一场的样子。他摊开双手问我们：“我们能不能等到晚上呢？”

六

肖路军拍拍刘锦辉，凑到他耳边说：“螳螂，大白天啊，你一放火——”

“是点火。”刘锦辉小声纠正说。

“对，点火！”肖路军绷着脸说，“大白天，你一放——一点火，往哪里跑呢？”

“啊——”刘锦辉愣了一下，高抬着长腿，“我跑得快！”

“你跑得再快，也跑不过大人的眼睛。”肖路军说。

刘锦辉看着孙定远和我：“我快还是大人的眼睛快？”

“这个——你肯定没有大人的眼睛快。”孙定远的眼神从左到右一闪，再从右到左一闪，“但是，等大人看见火，你已经跑远了。”

“对！”刘锦辉点头说。

肖路军突然弯腰，讨好地说：“能不能让我点

火？我给你们芦花鞋，有公鸡毛的。”

“哈哈，不让你点火，你就不给我们芦花鞋啦？”我说，“你每年都送给我们崭新的芦花鞋过年的，我们是你的好朋友。”

“这个——我给两双。”肖路军伸出小拇指，“我们拉钩。”

“肖路军你不能点火，你跑不快，但你可以站岗啊。”孙定远指着远处说。

“啊——怎么站？”肖路军感兴趣地问。

孙定远想了一下说：“你站到麦田里，看得见村东村西。有没有人，你一眼就看见了。”

“如果有人，你就挥一下帽子。”我说。

肖路军问：“如果没人呢？”

“你就什么也不要做。”孙定远说。

肖路军问：“我——总要做点事情。如果没人，我能不能——我脱下鞋子扔到天上？”

“好。3:00动手。”孙定远说。

“我们怎么知道到没到3:00呢？”肖路军看看刘锦辉，问我和孙定远。

刘锦辉赶紧说：“对啊！”

“我——”孙定远皱皱眉头。问题越来越多，他有些不耐烦。但他马上有了办法，笑着说：“看小闹钟，到3:00了，小水到树上吹喇叭。”孙定远指着我家门前的一棵楝树说。

我很高兴地说："好啊！"

孙定远说的喇叭，其实是漏斗，家家户户都有的。

肖路军凑到我身边说："你去麦田里扔鞋子，我上树吹漏斗？"

"算啦，你总是觉得人家做的事好玩。"孙定远朝肖路军做了个鬼脸，"不改了，就这么定了。"

我们一下子安静下来，互相看看，不说话——好像该说的话都说了，就等3:00了，又好像还有很多话要说，只是不知道该说什么。关于点火，原来只是一个大致的想法，现在越来越明确了。

我抑制不住地兴奋，搓手、跺脚。

刘锦辉摆开弓箭步，压着他一双长腿。

肖路军莫名其妙地咳嗽着，咳得喘不过气来。

箭头安静地伏在一边，头趴在地上，眼睛机警地瞪着远处。

孙定远招招手，让我们围拢过来。

"……我、我、我——"孙定远突然结巴了。

孙定远很久说话不结巴了。他现在结巴，一定是紧张的。他憋得脸通红，眼睛闭着用力，还是说不出一个字。

"你、你、你——紧、紧张、张什么？"肖路军忘记了咳嗽，哆嗦着问。

我的腿好像也软了，撑不住身体。

刘锦辉提起一条长腿，像仙鹤一样站着。

“嗬！”孙定远大咳一声，然后一跺脚，“紧张？紧张什么？”他拢拢手，让我们围得更紧一些，话从牙缝里挤出来：“这、这是一个秘——密！”

七

点火是一个秘密。但是，火还没有点，秘密已经把我们点着了。只是这个火一直闷着。孙定远的话，等于把压住火势的盖子揭开了。“轰！”火苗立即蹿起来。

我的眼睛热热的。我相信他们的眼睛也是热热的。我好像能看到他们的瞳孔里，有一簇簇火苗在跳动。

“几点了？”孙定远问。

我抓住孙定远的手，让他把手掌翻转过来。他手上的小闹钟显示是 2:10。

就 50——已经没有 50 分钟了，只有 48 分钟了，不对，只有 47 分钟了。秒针的每一次走动，都好像敲击在我们的心上。

距离 3:00 越来越近。

刘锦辉带着箭头去草堆。

肖路军去田野。

我转身进屋，拿了漏斗，然后上楝树。

孙定远在楝树后面，盯着钟面。

我在漏斗上扣了绳子，挂在脖子上。我在楝树上，能看见刘锦辉和箭头。刘锦辉低着头，假装找什么东西，向草堆迂回。箭头很配合，东闻闻、西嗅嗅。

我也能看见肖路军。肖路军走在田埂上，走几步就滑到田埂下。他手一撑地，回到田埂，没走两步又滑倒了。他以前走田埂不是这样的，现在他的心里一定很慌张。我有点为他担心。幸亏他没有什么难做的事，有人的话就挥帽子，没人的话就扔鞋子。

“小水，这闹钟没问题吧？”孙定远抬头问我。

我低头看着孙定远。从上面看，他的脸像一个平面。我笑着说：“你看啊，看秒针走还是不走。”

“噢——”孙定远低头拍拍钟，又回头说，“不、不好，不、不走！”

“啊？你家的什么破钟啊？”我探下脚，准备下树。

孙定远又抬头说：“又走了。”他的脸笑皱了，“刚才是我拍它，好像不动。”

我收住脚，斜着身体问孙定远：“看好啊，是不是走啊？”

“是走的。刚才看走眼了。”孙定远仰着头，不好意思地说。

突然，箭头飞奔过来。它在孙定远的腿边停住，仰头看着我，好像有什么急事。

刘锦辉随后也到了。

“……怎——怎、怎么、啦？”孙定远吓得手一松，小闹钟掉下去了。

箭头向前、向上一跳，咬住小闹钟。

我赶紧滑下树：“怎么啦？”

“我一点火，往哪里跑呢？”刘锦辉红着脸小声问。

“对啊。天黑了，他随便往哪里跑，”我松了一口气，“大白天就不行了。”

孙定远从箭头嘴里拿过小闹钟，想了想说：“你只要离开草堆就行了。”

“那我还回到你们这里吧。”刘锦辉说。

孙定远点点头。

刘锦辉又跑远了。他两条长腿轮流一跳一跳的，跑得很快。

我又往树上爬。爬了一半，看见肖路军一跌一爬地过来了。我只好又滑下树。

肖路军气喘吁吁地说：“我、我、我——”

“深呼吸。你深呼吸三次再说话。”孙定远拍

着肖路军的背说。

肖路军张大嘴，连喘了三口气，问：“我、我忘记了。有人、有人是怎么做，没人、人是怎么做的？”

“啊——怎么做的？”孙定远抓着头问我。

我想也没想就说：“有人挥帽子，没人扔鞋子。”

“不会搞反吧？搞反了就糟糕了。”肖路军担心地说。

我笑着说：“不会的。快去吧。我要上树了。”

“有人挥帽子，没人扔鞋子。有人挥帽子，没人扔鞋子。有人挥帽子，没人扔鞋子。”肖路军嘴里念叨着，高一脚、低一脚地去田野。

“几点啦？”我问孙定远。

“你吹吧你赶紧吹吧！你要是不吹，他们说不定又有什么破事了。”孙定远摇着头说。

八

“嘟——”我吸足气，用力吹响了漏斗。

肖路军听到漏斗声，像猛地中枪了一样，愣在田野里。他向我这边看着，确定声音是我吹出来的，连忙摘帽子，又改成脱鞋子。他再一次看着我这边，好像要我帮他拿主意，究竟是挥帽子还是扔鞋子。

“嘟！”我又用力一吹！我这不是帮肖路军拿主意，而是催他下决心。

肖路军知道我和孙定远不能帮他，东看看、西看看，摘下帽子挥动着。

我看不到刘锦辉。他和箭头在草堆的那一面。

那里都是草堆，哪一堆是孙定远家的，我辨别不出来。

突然，我看见一堆草的背后，升起来一缕青烟。

刘锦辉像瓦片一样从草堆之间闪出，没命地向我们这边跑。他弓着腰跑，上身像折叠在长腿上，这使得他奔跑的动作很滑稽。

箭头也在跑，四蹄几乎不着地，身子浮在地面上。

我再看肖路军的时候，他已经不见了。他跑得没那么快啊。我的目光仔细地搜索，发现一个隆起的屁股尖——他一定是就地卧倒，趴在田埂边的一条墒沟里。

“怎么样？”孙定远侧身仰头问我。

我看着草堆那里说：“烟大了。”

“那、那就是点着了。”刘锦辉高兴地说。

“救火啊!”突然,有人在远处喊,“救——火——啊——”

我们惊讶地看着草堆的方向。

这么快就被人发现了?火还没有烧起来,这时候被发现,很快就会被扑灭的。

“救——火——啊——”那个人撕破嗓子喊叫着。

“啊?是他——金剑明!”我简直不敢相信自己的眼睛——那个喊叫的人,出现在我的视线里。

“他?他怎么来了?”孙定远对刘锦辉说,“快!让箭头把金剑明拉回来!”

“噢!”刘锦辉拍拍箭头,指了指草堆的方向。

箭头呜咽了一声,像箭一样射了出去。

“他怎么来了?”孙定远问。

我和刘锦辉都摇摇头。

不一会儿,箭头拽着金剑明的裤腿来了。

“箭头你拖我干什么,失火啦!”金剑明一边挣扎着,一边对我们说,“失火啦!快救火啊!”

我们不说话,笑着。

“啊?是你们放——”金剑明指着我们说。

孙定远赶紧捂住金剑明的嘴。

“失火啦——”有大人喊着。

有人跟着喊:“快救火啊——”

“当！当！当！”有人敲着铜锣喊：“救——火——啊——”

孙定远得意地笑了：“走！”

“你们——”金剑明跟着我们，惊喜地说，“提前动手啦？”

孙定远边走边说：“不提前就憋不住了。”

“噢，好、好，是你们放的火就好。”金剑明连声说。

刘锦辉纠正说：“点火。是点火，不是放火。”

好多人向堆着草堆的空地跑去，手里拿着脸盆、水桶。那里离河有一段距离，取水不方便。他们排成一队，把从河里舀的水，传递到失火的草堆这里。

火贴着草烧得“噼噼啪啪”。火苗闪动着，热气烫着我们的脸。传递过来的水，浇到火上，只是“吱”的一声，一撮火苗弱了一会儿，马上又旺了起来。

大家好像缺乏救火的经验，加上心里紧张，有的连盆带水扔进了火里，有的把水泼到自己身上。他们在我们面前，像热锅上的蚂蚁。平时，我们被他们支使。现在，我们只是点着了一个草堆，他们就被搞得乱七八糟。

麻雀们暂时离开了它们的天堂，但它们并不远去，在空地四周飞来飞去。个别胆大的，还从

火的上空飞过，夸张地鸣叫着。

我们很开心。但这是一个不能说的秘密。这个秘密只有五个人和箭头知道。

不仅不能说，还要装出和我们无关的样子。

“救火啊！”我们喊着，唯恐天下不乱。

救火的人看到这堆草估计没救了，一边继续向火上泼水，一边把草堆四周的草收拾干净，阻断火路。当他们发现，这场莫名其妙的火灾，只是损失一个草堆，反而放心了。他们救火就不卖力了，看上去好像参加一个文艺体育活动。

九

无数金黄的火苗，开心地聚在一起，从草堆的下方烧上去。火苗在草堆上面蹿得很高，像一个个舌头，比赛着要去舔天上的云。它们离云太远，但它们很努力，不断地舔上新的高度。

我们的脸和身上，被火势逼得发烫。

我这才发现，刘锦辉点的是自己家的草堆。孙定远也发现了，用目光找刘锦辉。

刘锦辉和箭头都不见了，一定是躲起来了。

“八哥，你不是说点你——”金剑明大声说。

孙定远一把勾住金剑明的脖子，把他的头搂

到胸前。

金剑明差一点就说漏嘴了，幸亏孙定远反应快。

我的目光四下里找刘锦辉，没有他的影子。他会躲到哪里去呢？

草堆毫无秩序地堆放着。草堆和草堆之间，就像迷宫八卦阵。如果对地形不熟悉，半天也转不出去。

我定了定神，判断一下方向，知道了自己的位置。我走向更棚，然后转到我们商议点火的地方。

刘锦辉和肖路军果然在这里。他们背靠着草堆挤在一起，脸上一半是兴奋，一半是紧张。刘锦辉把长腿埋在稻草里。肖路军的脸上和身上，沾了不少泥巴。

“汪！”箭头低声和我打着招呼。它的声音来自上方。我看到它站在草堆上。从下面看上去，它威风凛凛，像一匹马。

“啊——你们在这里啊？”我说。

刘锦辉和肖路军想说话，张开嘴巴没有发出声。

“——快、快、快！”孙定远气急败坏地来了，“——快！”

刘锦辉和肖路军突然跳起来。

“怎么啦?”我问。

金剑明跟着跑过来:“暴露了!”

“来不及了!快走!我们分头跑,到腰沟那里集合。”孙定远挥着手说。

肖路军立即就跑,身体冲了出去,腿没有跟上,栽在草堆上。刘锦辉把他拖起来,弓着腰闪到草堆背后。

孙定远胡乱抓了一把稻草,向我和金剑明晃晃,然后捆扎成一个草帽套在头上。

我学着孙定远的样子,也扎了一个草帽。金剑明慌慌张张的,稻草总是围不成一个圈,干脆举着稻草顶在头上。然后,我们各自散开。

我不知道他们是怎么走的,我走的线路很复杂。我把垂在胸口的漏斗塞进怀里,从这个草堆跳到那个草堆,跑出村东的空地,翻滚到河滩上。我顺着河滩跑了一段,从结冰的河面上走过去,猫着腰到了街上,然后向南。我从很远的地方拐向西,钻进一条排水沟,从一截墒沟爬过去,滚到腰沟的河滩上。

腰沟比河窄,在村和村之间,像在一个人的腰上。冬天的腰沟里,水很浅,河滩显得很深。

我进腰沟的时候,孙定远他们也到了。每个人身上、脸上、头上,不是草就是泥。我们满头大汗,衣服敞开着,裤腰掉到肚脐下面,脚后跟踩着裤脚。

我们一副落荒而逃的样子，但我们很开心。我们搂在一起，压低声音大笑着，庆祝我们的脱险。

“你那里是什么啊？”肖路军指着我的胸口问。

我解开衣扣，掏出漏斗。

“哈哈哈哈，号角啊！”大家笑着。

“嘘！”孙定远摇摇手，指指岸上。

我们爬上河滩，慢慢探出头。

村子在远处横卧着。村子东边的空地上，那个着火的草堆已经矮了，而且黑了。草堆上的火灭了，但烟还在飘。几个人忙碌着，看不清在忙什么；几个人站在一边，不知道在议论什么。

“哈哈哈哈……”我们故意从河滩上翻滚下来，再爬上去，再翻滚下来。我们笑累了，滚累了，仰面斜躺在河滩上，像一个个“大”字。

“刚才是怎么回事啊？”我问孙定远和金剑明。

孙定远翻身坐起来，对金剑明说：“你说吧！”他指着金剑明对我们说：“他泄密了！”

金剑明涨红了脸。

十

救火的时候，金剑明问刘昂生："你知道是谁放的火吗？"

刘昂生夏天高中毕业，刚从县兽医站培训回来。他惊讶地问："啊？放火？不知道。"

"要保密啊，我只告诉你一个人。"金剑明神秘地说。

刘昂生拍着胸脯，把耳朵凑到金剑明嘴边："快告诉我啊！我肯定保密。"

十一

"你说是谁放的？"我和刘锦辉、肖路军都紧张起来。

金剑明指着自己，不好意思地低头说："我说——是我放的！"

"你放的啊？不能啊！"刘锦辉跳起来。他的棉袄敞开着，衣摆耷拉，好像一只垂下翅膀的鹤。

孙定远一手叉腰，一手搭在金剑明的肩膀上

说："……一、一——"

"一切？"我用目光问孙定远。

孙定远感激地看了我一眼，用力地说："一、一切，一切都被你打乱了。"

"你，和你没有关系。你要承担责任做什么啊？"我摊着手说。

肖路军看着我们，脸上一会儿紧张，一会儿疑惑。

孙定远咬咬嘴唇说："你承担责任，反而把我们暴露了。"他转过身，对我们说："不过，他也是好心。"

"对，好心。"刘锦辉紧接着说。

肖路军放心地笑了："我……也给两双芦花鞋——"

"我不是好心啊！"金剑明突然哭起来，"我是吹牛啊。"

"吹牛？"我问。

金剑明擦着眼泪说："我就是觉得，这件事太好玩了，太重要了，就吹牛说是我放的火。"

"是点火！"刘锦辉小声说。

金剑明说："明明是放火，怎么是点火？"

"你对我们后来的计划一点都不了解。"孙定远拉着金剑明的手说，"是点火。"

"太好了！有人知道火是我们放——点的！"

我举着拳头说。

我又说："如果是秘密，不能说出来，那多没劲啊？"

肖路军说："是刘昂生出卖你的吗？"

金剑明摇摇头，说万万没想到，刘昂生也吹牛了，小声对车行的孙师傅说是他放的。

"那孙师傅怎么说？"我急忙问。

金剑明咧着嘴笑了："他又小声对陈老师说是他放的。"

"哪个陈老师？"我笑着问。

金剑明笑着说："还能有谁？体育老师。"

我们一起笑倒在河滩上。我们做的事多好玩啊，连大人都想抢功劳。

"那——后来呢？"肖路军问。

金剑明笑得蹲在地上："陈老师又对车站顾站长说是他放的。"

"顾站长？顾站长不是耳朵不好吗？"肖路军瞪着眼睛问。

金剑明笑够了，"是啊。他耳朵不好。陈老师一开始小声说：'你知道是谁放的火吗？'顾站长大声问：'你说什么？'陈老师跟着就大声说：'你知道是谁放的火吗？'"

金剑明说："所有的人都听到了。陈老师暴露了，就说是孙师傅放的，孙师傅只好说是刘昂生放的。”

“我一看不好，刘昂生看我了，赶紧对你们说快跑！”孙定远说。

我说：“迟一步，我们全被活捉！”

“他们经不起考验，迟早会做叛徒！”金剑明噘着嘴巴说。

“也不能怪他们。他们放火，就是犯罪。我们放火就是——”孙定远说。

“做游戏。”我说。

大家说：“对！做游戏！”

孙定远咳嗽了一声，说了一句让我崇拜的话：“生活太枯燥，所以要搞点破坏。”

十二

我们再一次顺着河滩爬上去，探出头。

村东头的空地上，草堆的烟没了，但有些人家已经亮起了灯火。

太阳已经落山，田野上游荡着一些雾气。它们好像赶了很长时间的路，要找个地方歇下来。

几只鸟从头顶飞过去。它们好像记得方向，直直地飞向村子。

我们高昂的情绪，顿时像草堆上的烟柱，被

大风吹散了。我们愣愣地站着，如同几只在暮色中迷路的鸡鸭。寒气从裤管里向上爬升，一直爬到心窝，在那里向手臂、颈脖发散。

我们不知不觉裹紧了衣服。

我们该回家了，可是我们怎么回家？

我们是逃出来的。

“我们——我们就在外面过日子。”孙定远嘴硬。

我装着不怕：“好。”

“我们住哪里呢？”肖路军全身发抖，牙齿“咯咯”响，“我们就算住在芦花鞋里，我也要回家拿芦花鞋啊。”

“我出来这么长时间了，家里肯定很急。”金剑明蹲在地上，头埋在两腿之间。

箭头一会儿看看村子，一会儿看看我们，一会儿低头绕圈子，嘴里不时地“呜呜”叫。

“不怕，你们不要怕。”刘锦辉小声说，“是我点的火，烧的又是我家的草堆。这要什么紧呢？”

“说好的，让你点我家的草堆，”孙定远拉着刘锦辉的手说，“点我家的草堆多好。我爸爸妈妈是哑巴，吃哑巴亏。你偏偏点你家的。你家多穷啊。”

“草没了没事，我可以去捡树枝。刚才我们多开心啊。”刘锦辉笑着说。

“我家有芦花鞋的下脚料，我装一车送给你。”肖路军说。

金剑明抬起头说：“我家有草。我晚上偷点草出来给你家吧。”

“我请你们吃猪油红汤葱花面。”我看着大家说，“求你们一件事。”

肖路军瞪大眼睛问：“什么事？”

我说：“你们把责任推到我身上。我爸爸在外地工作，要过年才回来。我妈妈舍不得打我的。”

“那不行。你们就说是我干的。”孙定远用手指一个个点着我们，“你们就说是我干的。我回到家里，大不了挨一顿打。”

“嘿嘿，我还没被打过。我要尝尝被打的滋味。”孙定远又说。

“汪！”箭头突然竖起耳朵，对着远处的村子叫了一声。

“肖路军——”

“刘锦辉——”

“小水——”

远处的村子，传来一声声呼唤。

“我爸爸妈妈在喊我。”肖路军惊喜地说。

我高兴地说：“我妈妈也在喊我。”

“大人不会不要我们的。”刘锦辉小声说。

孙定远直直地站着，盯着远方。

我们站到孙定远身边，不知道说什么好。他的爸爸妈妈都是哑巴，只能发出“欧巴”两个字音。

“我爸爸妈妈从来没喊过我的名字，”孙定远带着哭腔说，“我也不知道他们知不知道，我还有一个名字叫‘八哥’。”

呼喊声有的远了，有的近了。大人们在分头找我们，一声比一声着急。

我希望这些声音里有“欧巴”。我宁可没有“小水”，也希望有“欧巴”。但是，我听不到孙定远爸爸妈妈的呼喊。

“金剑明——”呼唤声里，多了一个名字。

“我——”金剑明说了一个字，又捂住嘴。

天越来越黑了，村子成了一个模模糊糊的影子。

“汪！”箭头看看远处，又回头看看我们，钻到孙定远两腿之间。

“欧巴——”一个似有似无的声音。

我兴奋地喊道：“听！快听！”

“欧巴——”这一次我们听清楚了。

我们高兴地抱在一起。

我拿起挂在胸口的漏斗，对着呼唤的方向，用力一吹：“嘟——”

来自村子的呼唤，被漏斗声吸引过来。一声接着一声，越来越清晰。

天完全黑下来了。

我们看不见田野里的雾气，看不见田垄、墒沟，甚至看不见彼此的面孔。远处的村庄，好像比夜还要黑，显示出一个长长的轮廓。在这黑色的轮廓上，有星星点点的灯火。我们不由自主地走过去。如豆的灯火，连成一片光明。

羊在天堂

一

在春天，在夏天，在秋天，即使是在冬天，在草地或者麦田，在河滩或者堤岸，如果有一点白，如果那一点白在滚动、跳跃，在昂头、侧脸，在凝视、回眸，那一定是我的羊。

“咩咩——”

我的羊在叫了。我听到了它的叫声。它在离我不远的地方“咩咩”叫着。它是我的羊，我听到了它的叫声。

二

南风拍打南面的窗子，我有了一只羊。

那天晚上，煤油灯的火苗在玻璃罩里静静地举着。

妈妈在灯下抖着一件衣服。她低着头，先把衣服扣好，再一手拎衣服的一个肩角，抬手一抖，“嚯”！

衣服洗过，又被太阳晒饱，发出很好听的声音。

妈妈把衣服叠成方块，平铺在桌上，侧过脸看着我。

我知道，我的衣服平平整整了。第二天穿在身上，还有好看的缝。如果是裤子，笔直笔直的缝从上到下，腿都被撑长了。

妈妈的脸被煤油灯映得发红，眼角的皱纹像细小的光芒。她脸上带着笑意。她一定是在想象衣服穿在我身上的情景。

“啊呀，小水，又是一套新衣服啊？”有人会问。

我不答话，只是笑。才过年啊，怎么可能又是一套新衣服呢？一年做一套就很了不起了。

但是我听了很高兴，因为我身上的衣服，被妈妈洗得干干净净，熨得妥妥帖帖。我身上的衣服，就像新的一样。

妈妈笑着说："哪里来的新衣服啊！还是做了过年的。"

我会回头看妈妈一眼，嫌她多嘴。

"小水，睡觉也不老实。"妈妈把我伸到被子外面的脚趾头，掖进被子。

"妈妈，我要一只羊。"我突然说。

三

"羊？你要羊干什么？"妈妈问。

"我自己赚钱。今年过年，你还是给我做新罩衫、罩裤，我自己做新棉衣，还有新棉裤。"我说。

"哈哈——自己赚钱，好！"妈妈说。

"那你说，什么时候买羊？"我问。

"……过几天。"妈妈说。

"妈妈，几天呢？"我问。

"用不了几天，春天就来了。春天来了，小水就可以养羊了。"妈妈说。

"为什么要等春天来了才能养羊？"我问。

“春天到了，小水的羊就有草吃了。冬天是不养羊的，没草。”妈妈说。

四

我站在村东头的一个草堆上。

“小水，你看什么？”有人问。

我不说话。

那人也就爬上草堆，凑近我，顺着我看的方向看过去。他看到的是西来街，还有就是一个弄堂口。

“你是在等一只羊吧？”那人说。

“呃……”我说。

“小水，一只小山羊。”那人滚下草堆，扬起头说，“我看见你妈妈买了。她说是你要买羊。”

我的心一荡。

我站在草堆上，踮着脚。

妈妈在西来街上的车站饭店工作。她从弄堂里钻了出来。

我赶紧趴到草堆上。我慢慢抬起眼，看到妈妈挎着竹篮子。竹篮子的口上，冒出一块白。

我的心怦怦直跳，慌忙滚下草堆，溜回家，躲到门框里面。

“小水妈妈，那是……什么……”过了一会儿，我听到有人问妈妈。

我听到妈妈说：“噢，是小羊。”

“啊，羊啊。”那人笑着问，“你家养羊啊？”

妈妈也笑着说：“哈哈，是小水要养啊。”

我的头伸出门框，露出一只眼睛偷偷看着妈妈。妈妈挎着的竹篮子里，有一个白白的东西。

那是一只羊。

我还没有养过羊。我养过一只小麻雀，养过几只知了，养过几只蝈蝈，养过几只螃蟹，养过几只蜜蜂，甚至养过一只猫，但我没有养过羊。

羊可不是随便养的。羊像人一样要吃东西，而且像人一样一顿不吃就会饿，一饿就会叫。羊不像螃蟹、蜜蜂、蝈蝈、知了，它们几天不吃，好像也没有什么关系。就算它们死了，好像也不用太伤心。它们太多了，只要抓就行了，不要花钱买。

小麻雀也好养，有几粒米和几片菜叶子就行了。

猫就更好养了。它会自己去找吃的。你家没吃的，它就去吃人家的，就成了人家的猫，人家没吃的就成了野猫。

狗在这一点上比猫好一百倍，你家没吃的，它也是你家的狗。狗只要是你家的，就一直是你家的。但我不养狗，因为养着养着，狗就在冬天的哪一个晚上，被什么人打死了。

狗经常会找不到。只要找不到，就不可能找到了。

但是，我现在决定要养一只羊。

羊离我越来越近了。

对即将属于我的羊，我有一些不好意思，就像忽然有一个人要到家里来一样。我还没有想好怎么养它。我不知道有了羊之后，我会是什么样子，我家会是什么样子。一个人家里忽然多了一个人，总应该有一些变化的吧？

“小水——”妈妈喊我。

我把脑袋缩进门框后。

妈妈继续喊：“小水，你的羊——”

我赶紧跑出去。我再不出去，妈妈会喊得大家都听到了。我捧着妈妈手里的竹篮子，压低声音说：“别喊啦别喊啦！”

五

“咩咩——”

小羊忽然发现自己站在竹篮子里，有些不好意思，小脑袋缩进篮子。

过了一会儿，小羊探出头来。它是生活在地上的，对现在的高度很惊奇，东张西望。

这是一只小山羊。

小羊白白的，比小白狗还矮一点，但腿比小白狗的长。它好像有一些年纪了，下巴上有胡须。仔细看看，它的年龄又很小。它的眼睛像闪亮的黑豆，鼻尖有着嫩嫩的纹理。

我看小羊的眼睛和鼻尖，再看它的胡须，觉得特别好笑。它就像一个小朋友在装老年人。我们经常做这种事。有玉米的时候，把玉米须的上段塞进鼻孔，让须须垂下来，遮住嘴巴。没有玉米须，我们会把报纸剪得很细，用水或者唾沫黏贴在鼻孔下面，或者黏贴在下巴上。

“这羊就归你啦！”妈妈把竹篮子放到地上，掀起一边，让小羊走出来。

“噢——妈妈，我保证，把它养成一只肥肥的大羊！”我在妈妈耳边说，“我自己赚钱做新棉衣、新棉裤！”

小羊先是站着，然后走路。它走路还不稳重，好像腿的力气不够，只得向外斜撑着。于是它就想奔跑起来，想靠奔跑的惯性维持身体的平衡，使自己不会倒下来。连路都不会走，按理说是不可能奔跑的，但它确实奔跑起来了。可是，它又不会奔跑。它的奔跑，其实是跳。它提着四只蹄子同时离地，跳了一下，又跳了一下。

“咩咩——”

六

“你好。”我蹲下身子。

小羊回头看着我。它的身体有一些晃动，靠四只蹄子斜撑着。

“喂，你好吗？”我伸出手。

小羊忽然跳起来，转过身，把头对准我。它挪挪嘴巴，好像为刚才的动作得意着，下巴上短短的胡须微微飘着。

“你叫什么啊？”我问。

“它哪有名字啊？”妈妈从篱笆墙那里拔来一撮青草。

“它为什么没有名字？”我问。

“它……爸爸妈妈没给它取名字吧？”妈妈弯腰，把青草放到我的手掌上。

“它一定有名字的。爸爸妈妈怎么可能不给它取名字呢？但我们听不懂它们的话。”我说。

“对，小水说得对。”妈妈说。

小羊看着我们，漂亮的眼睛清清爽爽的，好像荷叶上的露珠，但又不是露珠，是黑豆，亮晶晶的黑豆。

“小羊，怎么不过来啊？”妈妈也蹲下来。

“嘘——”我对妈妈说。我知道，它不是不想过来，它是要蓄足力气跳过来。

果然，小羊提着四只蹄子同时离地，跳了一下，又跳了一下，跳到我手边。它用四蹄斜撑着身体，耸着肩胛骨低下头，鼻尖伸到我的手掌上。

我的手掌上，摆着妈妈从篱笆边拔来的青草。

小羊的鼻尖碰到青草了，拱了拱，嗅了嗅，伸出粉红的小舌头。小舌头一卷，青草就进了它的嘴巴。它闭着嘴巴挪着，挪着，再低下头伸出粉红的小舌头，又是一卷。

“我就叫你‘羊’吧，现在是‘小羊’，以后就是‘羊’，是‘大羊’。等你成为大羊的时候，我把你卖了。”我说。

“咩咩——”小羊咧着嘴，好像在笑。

七

没有羊的时候，我没有什么要烦的。要吃饭了，妈妈做饭。衣服脏了，妈妈给洗。要睡觉了，妈妈铺床。

现在不一样了。现在，我养了一只羊。怎么养羊呢？我不知道，但是，我知道妈妈怎么养我。

羊圈在西边的屋里，靠着墙角。妈妈在那里铺了砖头，又在砖头上铺了稻草。

羊圈里有一把青草。春天刚刚来临，草还没有长好。这一把草，一定是妈妈走一路找一路拔回来的。

我们吃饭的时候，小羊就伏在我的脚上。我的脚热热的，我的腿热热的。

我好像看见了冬天的新棉衣、新棉裤。

吃完晚饭，妈妈洗碗。我领着小羊到院子里，用梳子给它梳毛。刚开始梳的时候，毛有些涩，但梳了几下，就顺滑了。

“小羊，你快点长大。”

“咩咩——”

“长到冬天，长成一个大羊！”

“咩咩——”

“把你卖了，小水就有新衣服了。你大一点，小水会有新棉衣；你要是很大，小水就有新棉衣、新棉裤。”

“咩咩——”

八

没过几天，小羊就站直了、立稳了，还会四蹄轮流迈动，连续快速跳几下。

小羊身上的毛，像雪一样白，但不像雪那样闪着寒光，而是厚厚的、绵绵的、顺顺的。手摸上去软软的，手插进去暖暖的。有时候，风吹翻了它的毛，只要一抖身子，就妥帖了。有时候，它身上会沾上草屑灰尘，只要一抖身子，就干净了。

“咩咩——”小羊叫着。它的声音糯糯的、甜甜的。

“小羊！”我折来一根柳条。柳条上是嫩黄的叶子，一瓣一瓣的。

小羊颠颠地跑过来，仰着头，嘴贴着柳条快速地张合。

我故意把柳条抬高。

小羊睁着黑豆一样的眼睛，鼻尖微微颤动。

我放低柳条，又抬起手臂。

小羊明白了。它后退半步，然后直起后腿，抬起前腿，站起来了。但它没能彻底站起来，站了一半，前腿好像作揖一样落到地上。

我又放低柳条，再抬起手臂。

小羊看看我，看看柳条。它后退半步，猛地直起后腿，把前腿收拢在胸前。它真的直立了，但站不稳。它向前、向后跳着，让自己站住了。它终于站住了。它站直了吃着柳叶。它的嘴很快地一张一合，短短的胡须垂在下巴下面。在它的嘴巴走过的地方，柳叶一片片消失了，只剩下光光的枝条。

我没等小羊落下前蹄，就把它抱在怀里。它温顺地贴着我。它的双腿打着颤，一定是刚才太紧张太用力了。我拍着它的腿。它昂起头，举着鼻尖碰着我的下巴。我闻到了柳叶的气息。它的鼻子里喷出的热气，让我的下巴酥酥的，一直麻到我的心里。

九

我给爸爸写了一封信。

我告诉爸爸，我养了一只羊。

爸爸在兴化做教师。那里有很多的河，所以有很多的水。我跟妈妈去爸爸那里，都是坐长途汽车到泰州，再换小轮船。河的两岸都是柳树。岸的两边，如果是春天，那就是油菜花田。金黄的油菜花田，被河流切割成一块一块的。爸爸是要回来过年的。他先坐船到泰州，再换长途汽车。年三十下午，长途车路过西来镇汽车站，他扛着一条大青鱼下车。

我的信一定也是坐车、坐船去的。

爸爸的信坐船、坐车来了。

爸爸在信上说："哈哈！小水养的羊，一定是和其他羊不一样的。因为是小水的羊。"

哈哈，小水的羊！

爸爸在信上还说："真想能见到小水的羊啊！可惜，爸爸到家的时候，已经是年三十了！"

我捧着信笑了。爸爸，我不给你看我的羊，我给你看我的衣服。你看到我的衣服，就能猜到我的羊有多大、有多肥！

十

我走在河岸上。

我的羊也走在河岸上。

天很高，也很蓝。

河滩上是青得发黑的草。

河滩上散落着好多只羊。它们白白的，站在青草中间，好像一朵朵白云停在天上，好像一只只白鹅浮在水里。青草高高的，把它们的腿几乎掩盖住了。它们不用低头,就能吃到草。

在一块开阔的河滩,还有一头水牛。水牛黑黑的,盘着两个弯弯的角,睁大眼睛盯着人看,很威猛。

小羊走着。它一会儿走到我前面,一会儿走在我后面。面对河滩上的青草,它只是闻一闻。它不吃。

我们沿着河岸走,走到很远的地方。

这个地方没有羊,也没有牛。

河滩上是浅浅的草。这些草不是青色的,是嫩绿的,刚从土里钻出来。

这些草是我养的。我用了一个中午和下午的时间,把这一块河滩上的青草都拔了,然后用脸盆浇水。第二天早上,土里冒出了点点草芽。再过一天,草芽连成密密麻麻的一片。第三天早上,我带着小羊来,草芽已经能把它的蹄子盖住了。

这是我的秘密。其他人家的羊随意放养,我却要带我的羊,去吃最嫩的草。只有比别的羊吃得更好,我的羊才会长得最大、最肥。

小羊吃了这一块,那一块又长起来了;吃了那一块,这一块又长起来了。

天越热,草长得越快。

难怪妈妈说,要等到春天才能养羊。

浅浅的草，铺满了这一段河滩。

河滩靠近水的地方，是青青的芦苇。芦苇像一支支笔，站在岸上，或者站到水里。两岸的芦苇，夹着清清的河水。它们把宽阔的河面夹窄了。

水和水都是相通的。面前的河水，也会流到兴化吧？

水里是芦苇的倒影，也有树的倒影，还有就是天的倒影。芦苇的倒影是绿的，天的倒影是蓝的。树的倒影虽然是黑的，但树叶和树叶之间是亮亮的。

小羊边吃边走，有时候会惊动一只青蛙：

“嘭！”

一只青蛙射进水里。

小羊一惊，慌忙向后一跳，然后看着水里的波纹。

“嘭！”

又一只青蛙射进水里。

小羊又是一跳。这一跳有些夸张，在跳到空中的时候，把身子转了过来，头对着我。河滩是一个斜坡，它落地的时候前腿高、后腿低，倒着翻了过去。它顿时手忙脚乱。但是，它在慌乱中及时翻过身来，紧趴在地上，止住了下滑。

“哈——”我忍不住要笑。

十一

小羊大了。

羊一身白毛，没有一点脏。很多羊的肚子上，毛会发黄，因为它们总是趴伏在脏地方。但它干干净净的。我每天都要给它换铺垫的稻草。看上去，它很结实，也很健康。

我的羊，快快长。

十二

一头猪在叫。

这头猪不是随便叫。它是在嚎，嗓子都喊破了。它也不是在哪一个猪圈里叫，它的叫声是跑动着的，由西向东。

知了不叫了。它们本来要和猪比嗓子，比了一会儿，吓得不敢叫了。

那是一头黑猪，比我的羊大不了多少。它的两只前蹄被捆着，两只后蹄被捆着，一根木棍从前蹄和后蹄之间穿过。它被一根木棍抬着走，四脚朝天。它的脑袋倒挂着，耳朵遮住了半张脸，嘴里流出细线一样的口水。

两个很瘦的人抬着猪。前面的人是女的，后面的人是男的，戴着草帽。猪不大，他们不感到吃力，但脸色不好看，还有些不好意思。

“你们……这个时候去卖猪？”有人问他们。

女的把头埋得更低，男的拉下帽檐。

猪听到有人为它说话，好像有了救星，运足力气叫道：“嗷——”

“喂！说你们呢！这个时候去卖猪，不怕作孽啊？”那人指责他们。

两个抬猪的人不说话，只是快走。

“你们好意思啊！是想吃猪肉想疯了吗？”那人指责的声音更大了。

女的忽然扔下木棍。猪掉在地上。她坐在地上，一手拍着地，一手摸着猪头，张大嘴巴。她想大声哭叫，却好像被什么噎住了，发不出声音。

男的没来得及反应，扑到猪身上。他用草帽遮住脸，低声说：“我们是一点办法也没有啊。”

猪都是在春天长骨架，在夏天和秋天长肉，到冬天才又大又肥，所以猪都是冬天卖，卖了过年。现在卖什么猪呢？这个时候的猪正在长肉。

这个人家，却要在夏天卖猪。

那个男的说，他哥哥病了好几年，为了给他

治病，家里能卖的都卖了。

“他熬不过这一两天了。”那个男的说，“今天早上，有了一点力气，说想吃一块肉。”

那个女的是他的嫂嫂。

“这猪……年底能卖多少钱？”那人围着猪转了一圈。

那个男的说：“……人穷养不出肥猪！撑死了说，十五六块钱吧。”

“现在去卖呢？”那人问。

那个男的说：“……五六块钱。”

“这猪我买下来，十五块钱。”那人说。

“那，那怎么好！”那个男的站起来说。

那人对大家说：“各位乡亲，我拿不出十五块，我向大家借。大家帮帮我的忙，救救他们的急。”

猪被留下了。

那个女的摸着猪头，一边哭一边说：“你不要怪我们。你瘦是卖，肥也是卖，横竖是一刀，躲不了。”

十三

我坐在屋后，背靠在墙上。太阳已经从屋顶翻过去，留下一块阴影。我坐在阴影里，看着阴影越来越长。

我不想养羊了。

我突然跳起来，挥舞着双手，轰着羊说："走！你走！"

羊不知道我是什么意思，侧身偏头看着我。等我要碰到它的屁股，它向前跳两步，绕到我的身后。我转身赶它，它低下头，用两只角对着我。我迎着它的角走过去。它好像怕把我顶疼，头一偏，从我身边绕过去。

"你走吧！"我指着羊，瞪着眼睛说，"你走吧！你跟着我，会被我卖掉的！"

羊歪着头，看着我。

"我养你，是为了做新衣服！"我指着羊说，"我把你养得肥肥的，就是为了卖多一点钱。"

羊歪着头，看着我。

"我是把你往死里养！"我指着羊说，"你这个呆子！你这个呆子！你还不快走啊！"

我抓起一块泥巴，想砸羊，又掰碎成粉末，撒

向羊。碎土刚撒出去，就被风倒吹回来，飘进我的眼睛和嘴巴。

我揉着眼睛，吐着嘴里的泥。羊用角碰碰我的腿。它变高大了，需要屈着腿，才能钻进我的两腿之间。

“咩——”羊叫着。

我突然跨过羊，丢下它就跑。羊跟着我，才几步就跑到我前面。我把它养大了，它跑得比我快了。我急忙转身，向旁边的草堆跑。羊一跳一跳，故意绕了一个大圈子，轻松地跑到我身边，贴着我的裤腿一起跑。

我已经喘粗气了，弯着腰撑着小肚子。

羊用晶莹的、像黑豆一样的眼睛看着我。

我从草堆里抽出一捆稻草，猛地抛在羊的脑袋上。趁它的眼睛被蒙住，我跑到草堆后面，又乱绕几个人家的房子，穿过一片竹林。

我终于把羊甩了。

我没有直接回家。我猫着腰，走到田野里，躲进一条墒沟，露出眼睛看我的羊。我要看看羊去了哪里，看看是哪个把我的羊牵走了。我的羊，比其他羊都高大、肥壮，一定会有人喜欢的。看到它有地方去，我才放心。

我看到羊了。村子隐在一排绿树之中。一团白白的东西，在树和树之间移动，很明显的。那是我的羊。它走到河边，东看看西望望，然后向东走。我的心揪了起来。它是要上街啊？从弄堂穿过去，不远就是江平公路。公路上有汽车呢。万一被撞了怎么办？

不行！我是希望我的羊被人牵走，不想它被汽车撞了。

我要去追羊。

但是，我看到我的羊站着不动了。村里的人都知道，它是我的羊，只是逗它，不牵它走。它站在那里，头朝着弄堂的方向，一动不动。

天黑了，羊还是不动。

我明白了！我的羊，在等把它带给我的人——我的妈妈。

我突然哭了。

十四

我躺在席子上。

妈妈放下蚊帐，坐在我身边，为我摇着扇子。

蚊帐外面，点着一盏灯。火苗在灯罩里静静地举着。床边点着两根蒲棒。蒲棒亮着红点，冒着细烟，散发着淡淡的香草味道。蒲棒点着了，蚊子就不敢靠近。

我的额头上，敷着一块湿毛巾。我只觉得浑身发烫，身体好像都烫得肿起来了。

羊站在床边，角上顶着敷干的毛巾。

“……”我说。

我听到妈妈问：“小水，你说什么？”

“……”我说。

我感觉到妈妈凑近我问：“小水，你说什么？”

我说：“……瘦是卖……”我听到了我的羊在叫。许多羊跟着在叫：“咩咩——”

“小水，你不要吓唬妈妈。”妈妈拍着我的脸说。

我说：“……肥是卖……”我看到了我的羊在跳。许多羊跟着向同一方向跳，还有猪，还有牛，还有青蛙……

“小水，你不要生病！”我听到妈妈哭着说。妈妈把我抱起来，背到背上：“你要是有个好歹，我对你爸爸怎么交待？”

“一刀……躲……我……不想……养……”我的头搁在妈妈的肩膀上。

第二天中午，妈妈带我从医院回家。妈妈问我，发高烧的时候说了什么，什么“瘦啊、肥啊、一刀”。

“妈妈，我记不得了。”我说。

妈妈摸着我的头说：“小水是记不得了，烧得那么厉害，说胡话呢！”

我牵着妈妈的手。其实，我记得我对妈妈说了什么，也记得许多羊在叫，许多羊在跳。但不知道为什么，我不想说出来。我忽然觉得自己长大了，应该有一点自己的心思。我偷偷看看妈妈，担心自己这个想法被妈妈发现。

妈妈正好看着我。

我脸一烫，低头问：“妈妈，羊呢？”

“羊在家。”妈妈说，“早上我回家喂它青草了。”

“妈妈，大人是不是能看出小孩的心思？”我问。

妈妈想了想说：“那要看是什么心思，比如喜欢什么人啊，是能看出来的。”

“那……喜欢羊呢？”我问。话一说出口，我就明白说漏嘴了，赶紧说：“嘿嘿……羊……妈妈你喜欢羊吗？”

“妈妈喜欢你，你喜欢羊，所以妈妈也喜欢羊。”妈妈说。

“那——妈妈，羊喜欢我，我喜欢你，那是不是羊也可以喜欢你？”我问。

“它喜欢我的。昨天晚上，它看到我就跑过来了。”妈妈说。

“我要对它好。”我说，“我对它好，它知

道吗？”

“知道啊。你对它好，它就会肥肥的。你对它不好，它就瘦瘦的。”

“妈妈！”我大声叫道。

“小水怎么了？”妈妈问。

“没、没什么。”我说。

我们不说话，只走路。

“对它好，把它养得肥肥的，买它的人也会喜欢它的，对不对？”我问。

妈妈说：“对的。”

十五

“小水，你去哪里？”有人问。

“不去哪里。”我说。

“还不去哪里，你明明要去哪里，还扛着钉耙。”那人问。

“那……你说我去哪里？”我问。

“我哪里知道你要去哪里。”那人说。

“不知道才好！”我心里说。

我扛着钉耙走在羊前面，羊走在我后面。

草没了。就连伏地的枯茅草，也没有了。

羊一心走路。我也一心走路。我们走了好远

的路，走到一块田里。这块田在两个村子中间，离两个村子都是最远的地方。

我记得，这块田是种胡萝卜的。那时候，满田都是绿油油的胡萝卜缨子。后来，胡萝卜被抓住缨子拔起来，码成堆，用担子挑走。拔胡萝卜的人，会再找一遍，捡走掉在田里的胡萝卜。

用不了多少时候，就有人扛钉耙来，从头到尾把土翻一遍。这个人不会白费力气，一块田里，总能找到一些断在土里的胡萝卜。

这块田就算是空了。

我今天来，是要在别人翻过一遍的田里再翻一遍。一钉耙下去，没有胡萝卜；又一钉耙下去，也没有；再一钉耙下去，还是没有。

我身上出汗了，手心被钉耙磨出血泡，没看见胡萝卜的影子。我就想，我再下去一钉耙，也许就会有一根或者半根胡萝卜了。

还是没有。

羊看着我。它站在我翻过的泥里，让土埋住它的蹄子。雪白的它，像一团棉絮。

再翻一钉耙。要是还没有，就换一个地方。

没有。

那就再换一个地方吧，也许就有了。

我记不得这是换多少次地方了。我已经翻了好大一块田。我的棉衣脱掉了，盖在羊背上。我棉裤的腰，又一次落到肚脐下面，堆在那里，吸着我身上流下的汗。我的棉鞋里灌满了泥。

羊小心地跟着我，不让背上的棉衣掉下来。

我又一钉耙下去——黑黄的泥里，有小半截胡萝卜。我愣住了，小半截胡萝卜像一盏灯，照亮了我的眼睛。

羊跑到那里，低下头。

我慌忙跪下，推开羊，抓住那截胡萝卜。我搓掉胡萝卜上的泥，先咬一小口。“嘎嘣”，胡萝卜在我嘴里叫着，带着凉意的甜味顺着舌头，游进喉咙，再游进肚子里。

羊凑过嘴，把热气喷到我的脸上，然后像抢一样把剩下的胡萝卜叼进嘴里。

小半截胡萝卜鼓励了我。

太阳落山了。

我翻了整整两块田。

我翻到三根胡萝卜、六个胡萝卜头。

我向村子跑去。羊跟着我跑。

我明天还去翻田。

十六

冬天的空气里，飘散着羊肉的香味。

离我家不远的地方，有一家羊肉店。羊肉店在春天、夏天和秋天关门，进入冬天的时候才开。

冬天到了，羊吃草不方便了，如果继续养，会把羊养瘦了。这时候，陆陆续续有人家卖羊。

羊被牵到羊肉店，或者被赶到羊肉店。羊肉店门前的空地上，有羊站着，也有羊躺着。

站着的羊，睁着黑豆一样的眼睛，亮亮地看着人。站着的羊，不明白躺着的羊是怎么一回事，没感到害怕。它们只是有一些不好意思，因为它们到了新的地方，熟悉的人也不见了。站着站着，它们当中有的就躺下了。

躺着的羊，被拖到院子的角落。过了一会儿，那些羊就剩下一张皮堆在地上。第二天，这些皮会被撑开，码上盐，晾挂在墙上。它们紧贴在墙上，像一只只巨大的、白色的壁虎。

再过几天，这些羊皮被揭下来，卖到街上的收购站。

不知道哪一天，羊皮积多了，会被卡车拖走。

羊就彻底没了。

十七

“把羊卖给我吧。”羊肉店老板说。

羊肉店老板看见我，就会说这句话。有时候也会到我家，对我说这句话。

“我不卖给你。”我说。

“为什么不卖呢？”羊肉店老板说。

“我……一直养下去。”我说。

“养不下去的，没草吃了。没有羊能熬过年。”羊肉店老板说。

“没有草吃，我买胡萝卜给它吃。”我说。

“呵！买胡萝卜？一只羊能卖几个钱？买胡萝卜？你不怕亏本啊？”羊肉店老板说。

“他们都卖了，他们的羊多瘦啊。再养下去，更瘦。你看，你的羊多肥啊！”羊肉店老板又说。

“我的羊！”我扬起脸，骄傲地说。

“但再养几天，就会瘦下来的。”羊肉店老板说。

我把羊肉店老板向门外推：“你走。你走好不好？我的羊，不卖啊，不卖！”

“我再过几天来。你总是要卖的。”羊肉店老板一边后退一边说。

“我不卖！”我说。

“你会卖的。”

“我就不卖给你！”

“你——不能卖给外乡的老板啊，我会丢面子的。”羊肉店老板站到门外，抓住门框说。

“为什么？”我问。

“你看，你的羊多肥啊！我买到的羊，都瘦。村里最好的羊，被外村人买了，我哪里有面子呢？”羊肉店老板讨好地说。

十八

“羊——”外乡人来了。

冬天，每隔几天，都会来一个外乡人。他从西来街的弄堂口出来，穿过村东头的空地，来到村子里。他走在前面，双手背在身后。手上抓着几根绳子。有一根绳子，就有一只羊。

外乡人是上门收羊的。有些村子没有羊肉店，而羊总是要卖的；有些村子虽然有羊肉店，但价钱谈不拢，有人家不愿意卖；有些羊已经说好卖给村子里的羊肉店了，但外乡人出一个高价，卖羊的人家可能会改变主意。所以，收羊的人天天在外面转，隔几天就会转到村子里。

“羊——”外乡人没进村子，就开始喊了。几只羊跟着他。

“羊——”外乡人站在我家门口，不走了。他不是乱走的，对哪家有羊、每一只羊的状况，都是了解的。他知道我有一只羊，一只肥羊。他每次都要站在我家门口，靠在一棵苦楝树上，一边抽烟，一边喊：

“羊——”

我每次都躲在家里，把羊藏在灶台后面，好像外乡人会抢羊一样。

外乡人一根烟快要抽完，看我不出来，就走了。

外乡人今天又要走了。

“你——”我探出头，“你——”我不知道喊他什么。

“啊！”外乡人猛吸一口烟，把烟蒂扔在地上踩灭，“啊！”

“你——”我身子在门里，“最后一天是什么时候来啊？”

“啊——最后一天？腊月二十六！不能再迟了。”外乡人说。

“噢！”我说。

“我可以再迟一天，你不能。”外乡人说。几只羊围着他。

“为什么?”我问。

“再迟,裁缝店来不及做了。裁缝店来不及做,你哪里有新棉衣、棉裤过年?”

“新——我不要新棉衣、棉裤也能过年!”我高声说。我好像是要说给羊听,说给所有的人听。

“可是,你养羊,不就是为了过年有新棉衣、棉裤吗?”外乡人奇怪地看着我。

十九

夏天拦下来的那头猪,被绑在一辆板车上,推向街上的生猪收购站。

“噢——”那头猪叫了一声。它侧躺着,肚子鼓鼓的。它被推去的方向,就是夏天抬去的方向,但它不挣扎。

“喂!你要被杀了!”有人吓唬猪。

“噢噢——”猪哼哼着,好像知道要去哪里,好像知道就应该去那里。

“这猪——”那人摇摇头。

养猪的人家,陆陆续续把猪推向生猪收购站。猪在那里集中,每天都有几头被杀掉,肉送到街上的肉案上,再被人家零零星星买走。更多的猪,被卡车拉走。卡车开出西来汽车站,留下一路的灰尘，还有一车的猪叫。

又有谁家的狗不见了。

二十

我用棉布条做了一个圈套。

这个圈套套在羊的脖子上，应当不松、不紧。太松了，羊会挣脱，被人抓回来，少不了一顿打；太紧，羊脖子会被勒得疼。圈套是棉布条做的，和直接用绳子拴不一样。

“羊，你过来。”我晃着棉布条说。

羊颠颠地跑来了。它晃动脑袋，两只角划来划去。

我拿棉布条做了一个半圆，羊把脑袋伸了进去。

“喂，你不看看这是什么啊？”我奇怪地看着羊。

“咩咩——”羊昂起头，嘴挪动着。它从来没被拴过，对围着脖子的棉布条很好奇。

我抱着羊头，把下巴搁在两只角中间。

二十一

你腊月二十六中午来吧。

二十二

一连几天，我都扛着钉耙，在河边转。

田里翻遍了，也找不到胡萝卜。

我在河岸上有新的发现。冬天的水底，有一点发红的东西。那是人家洗胡萝卜的时候，掉在水底的。因为水深，捞不上来。

我就是用钉耙捞那一点红。

在水里捞胡萝卜，真不容易。有时候，从中午捞到晚上，也捞不上来一根。但是，它比在田里翻胡萝卜要好。在田里翻，不知道胡萝卜在哪里。在水里捞，能看见它。

如果容易捞，它们早就被人捞走了。

我又看到水底的一点红了。水很深，钉耙的长度不够。我脱掉棉衣，一手抓住河边的树枝，一手伸进水里。因为抓住的是树枝的最顶端，手

上用不了劲，捞得很吃力。我急得头上直冒汗。

“扑通！”我掉进水里。

“咩！”羊惊叫道。

我干脆一个猛子扎到水底。

是一根大胡萝卜！我高兴极了，“嘎嘣”咬了一口。

晚上，妈妈给我烧了一碗姜汤：“你爸爸就要回来过年了，你可不能生病啊！爸爸会说妈妈没带好小水。”

“妈妈，我要卖羊了。我要给羊带路上吃的。”我躺到床上。

羊站在我的床边。

“妈妈上街买胡萝卜。”妈妈抱着我的头说。

二十三

我把绳子的一头拴在棉布条圈套上，另一头交给外乡人：“不许用力拉！”

外乡人点点头。

“这里面是胡萝卜，只能给我的羊吃。”我把小布袋交给外乡人。

外乡人点点头。

我想了想，从手里抽出一块钱：“你……最后一天才能……”

外乡人点点头，把那一块钱塞回我手里。

外乡人一手牵着几只羊，一手牵着我给他的绳子。绳子的一头，拴着羊脖子上的棉布圈。

外乡人看看我，小心地拉了拉绳子。羊没动。他看着我，手上稍微用了一点力。羊还是没动。他想再加大一点力气，又想起对我的承诺，不敢了，可怜兮兮地看着我。

我不说话。

外乡人看着我的眼睛，用力一拉。

“咩——”羊叫着。

“咩咩——”其他羊也叫了起来。

外乡人一吓，赶紧松了绳子。

我的羊向我这边退着，但它只是退了半步，拴它的绳子就紧绷绷的了。

我用力挥挥手。

外乡人咬咬牙，再一用力。

羊这一次没有来得及叫，猛地把身子向后赖，四蹄向前斜撑。

外乡人竟然没拉动羊，有点不好意思地看着我。

我的手用力一挥。

外乡人咳嗽一声，活动活动手腕，用力向前拉。

羊用劲向后赖着，屁股几乎坐到地上，身体几乎贴着地面。它和外乡人僵持着，那根绳子绷得紧紧的。

我帮外乡人用力，但也帮羊使劲。

终于，外乡人占了上风，羊被拉动了一点。羊的四蹄前撑，在地上钉出四点。四点又变成了四条印痕。紧接着，羊的后蹄跟着划进前蹄的印痕。印痕变成了两条，但深了。

羊一点一点被拉向前。

我的心一点点地揪紧。

“咩咩——”那几只羊围着我的羊叫着。

“快点啊！”我在心里喊着。外乡人只要走三四步，就会走到竹林边。我的视线就会被竹林挡住，我就看不到羊了。

外乡人突然加大步子，用的力跟着就大了。

羊瘫坐到地上，身子也贴紧地面。它被整体拖着向前。两条深深的印痕，变成宽宽的一道。快要到竹林边的时候，它憋足劲，侧过头，漂亮的、像黑豆一样的眼睛看着我。它为自己抵不过绳子而不好意思，又好像在问我，跟着外乡人走，是我的意思吗？

是我的意思吗？

我不说话，微笑着，看着羊的眼睛。

羊知道我的意思了。它知道，跟外乡人走，

是我同意的。于是，它纵身向前，大跳了一步，和那几只羊一起，欢快地跟着外乡人走。

走到了竹林边。

走到了竹林那边。

“咩咩——”

二十四

外乡人给我的钱，被我捏在手心，湿湿的。

年三十下午，长途汽车到了西来汽车站。爸爸扛着一条大青鱼下车。

爸爸一下车就问我：“小水，羊呢？”

我笑笑，带爸爸去裁缝店。

妈妈已经在那里了。妈妈先给我一套新罩衫、罩裤。然后，她给我一套新棉衣、新棉裤。

二十五

我的羊，我再也没有见过。

我甚至没有梦到过羊。每天晚上睡觉，我都想梦见它。我多么想知道，它走到竹林边之后，发生了哪些故事。但是，每天晚上，我又怕梦见它。我怕它的故事不好。

我知道我的羊的结局。它的结局，应该是和所有的羊一样。这一点，我不能不相信。但是，我的确没有见到它的结局，也没有听到它的一点消息。于是我总是相信，它还很好地活着，很好地活在一个地方。那里有青青的草，有清清的水，有亲亲的伙伴。

我的羊，在天堂！

树上的陈光

一

上学的队伍里，最早出现的是周小春。他家住在桐村最西边。他向东走，走一路喊一路：“走咯走咯！”

陆续有同学加入到这支队伍里。

我们都在西来小学上学。

桐村和西来街隔着一条河。河东是从南向北的西来街，河西是从东向西的桐村。西来街在桐村东边，西来小学在西来街东北边。

“一、一、一二一！一、一、一二一……”我们一边走，一边喊。

“大头大头，下雨不愁！”我们一边走，一边喊。

“向我开炮！向我开炮！哒哒哒哒哒哒哒……”我们一边走，一边喊。

上学的队伍里，人越来越多，声音越来越响。走到陈光家门口的空地上，我们不走了。

“屋顶漏光！”我们试探着喊一句。

“锅里精光！”我们的声音高了一些。

东边的同学反方向过来，也来到陈光家门口的空地上。

“逃学陈光！”我们一起对着陈光家喊。我们故意喊破嗓子，让陈光听不出是哪个在喊。

陈光家的门紧闭着。我们不知道陈光在不在家里。他可能在家里，也可能在田里。我们一边喊，一边准备逃跑。他一开门，我们就会像麻雀一样散开。我们不想和他照面。如果照面，他就会看清楚是哪个在喊。以后碰到了，我们会不好意思的。

“屋顶漏光！锅里精光！逃学陈光！”我们一起喊。

周小春胆大，每次都会做着鬼脸，轻手轻脚地走向陈光家。他那样子就像一只馋猫，要接近不知道有没有鸟的鸟窝。他跳到篱笆后面，又跳到梧桐树后面，扁着身体贴到陈光家门口，侧耳贴在门上，听听，又轻轻地拍拍门。确信里面没有人，他放开了，手舞足蹈：“屋顶漏光！锅里精光！逃学陈光！”

“屋顶漏光！锅里精光！逃学陈光！”我们一起喊。

路过的大人呵斥我们：“快上学哦！瞎闹！”

“咣！咣！咣……”西来小学的钟敲响了。

这是预备铃。我们向学校狂奔，恨不得成为一只鸟，双手变成翅膀。我们跑出桐村，跨过桥，钻进西来街六弄，穿过西来街，从西来车站那里拐向北，沿江平公路扑进西来小学。

二

有一天早上，我睡过头了。上学的队伍跑过西来街，我才出家门。我追着队伍，书包像一只大蛤蟆在我的背上跳着。我一手前后划动，一手压着书包，侧着身疯跑。

“咔嚓！”我路过陈光家门口的时候，听到一声响，好像是树枝断裂的声音。

我抬起头，远远地看到陈光家的苦楝树上吊着一个人。那个人直上直下的，像一根大丝瓜。我吓得双腿一软，跌倒在地。这时候我看清了，那人不是吊着，是双手抱着树丫，两腿并拢垂挂着。

那个人好像是陈光。对，是陈光。

我不知道陈光上树干什么。那“咔嚓”的声音，一定是他的脚踩空了树枝。他脚踩空了，为什么不动呢？他应该爬上树才对。

“咔嚓！”这个声音一直响在我的耳边。只要我闭上眼睛，陈光就会像一条大丝瓜挂着。我来不及问，也来不及想，跨着大步跑向西来小学。我不想迟到，迟到了要在教室门外罚站。

中午放学，我们路过陈光家。我故意落在队伍后面，看着陈光家那棵苦楝树。苦楝树站在一个高土堆上。树并不很高，但它在高土堆上，就高出了许多树。

苦楝树在我们这里很常见。树皮黄里发黑，树干、树丫上有许多伤痕一样的节疤。它看上去孤苦伶仃。我们平时很少爬苦楝树。苦楝树上有很多莫名其妙的小刺，很难爬，爬上去也放不开手脚，而且不遮阳，也没有好果子吃。

我想，陈光也许是等我们走过去，没有人的时候才上树的。他不想让我们看到他爬树。但是我迟到了，我落到上学队伍的最后面。这是他没想到的，心一慌，脚踩空了。

陈光为什么要上树呢？

三

陈光曾经是我的同学，我们一起进西来小学读一年级。一年级那年寒假，他家半夜失火，房子和东西被烧光了，爷爷奶奶被烧伤，家里欠了一屁股债。一年级那年暑假，他爸爸妈妈得重病去世，爷爷奶奶瘫在床上。他没有和我们一起升二年级。他不上学了，要做家务、干农活。

陈光还是很想上学的。他刚休学的时候，向我借过语文书、数学书，不懂的地方还让我教他。后来，课文越来越深，家务和农活越来越重，他就不再看书了。

“小水，我不读书了。”陈光低着头，垂着眼皮，“这些书我看不懂了。我——看了也没有用。”

“哦——怎么——没用？”我问。

陈光的手指绞着衣摆：“小水，我会写名字、会算账就行了。”他红着脸说：“我已经会写名字了，也会算账了。”他蹲下身，用树枝在地上写“陈光”。他一笔一画地写，写得很认真也很吃力，好像不是在用树枝写字，而是在用铁锹挖土。

陈光不再是我的同学了。

“屋顶漏光！锅里精光！逃学陈光！”不知道从哪一天起，我们开始编这样的顺口溜，在陈光家门口闹。

我不想闹。我想，我们闹的时候，陈光心里一定很难受。每一次闹，我都躲在队伍的最后面。大家好像也和我一样的心思，开始闹的时候都很小心，不想让陈光看到是哪个人在闹，不想让陈光听出是哪个人的声音。大家嘴里不说，其实都做好他随时开门的准备。只要门一动，我们立刻像麻雀一样散开。

我们这样闹，就像我们追赶一只青蛙，或者追赶一只鸡。看到青蛙乱跳，看到鸡乱飞，我们的血会乱流，心会乱跳，会有一种说不上来的快乐！但我们并不是要伤害陈光。我们也没有伤害陈光，因为他不在家。他如果在家，我们会逃得比麻雀还快。

四

陈光为什么在树上？在想得头要裂开的时候，我忽然想明白了：陈光爬树，其实没有什么特别的原因，只是爬着玩玩。

有时候猫还上树呢。

陈光为什么不和我说话？我也想明白了。很简单，他一定是害怕得说不出话来，或者为自己脚踩空了不好意思，或者根本就没有看见我。

这么一想，我心里轻松多了。

我们每天路过陈光家门口四次。早晨上学一次，中午放学一次，下午上学一次，晚上放学一次。每次路过，都会闹一下。但早晨上学、中午放学和晚上放学，时间紧，只是“闹一下”，有时候根本没有时间停留，喊着顺口溜就走过去了。下午上学，时间多一点，我们在陈光家门口闹的时间就长一点。

“屋顶漏光！锅里精光！逃学陈光！”大家喊着。

“咣！咣！咣……”西来小学的钟被敲响了。

这是预备铃。大家向东面的西来街狂奔。我们一个比一个跑得快。刘锦辉的腿很长，跑起来像螳螂。他的绰号就是“螳螂”，一转眼就能跑得没有影子。他是我的铁杆朋友，一边跑，一边拉着我。刘锦辉家那条叫“箭头”的狗，跑得最快，身体几乎拉直了，贴着地面，像箭头一样射向前方。

我跑了几步，突然有了一个想法。我趁大家不注意，往回跑，躲到陈光家西面的篱笆下面。

陈光家门口安静了。

我蹲在篱笆下面。忽然，我听到了开门声。

我从篱笆里看到，陈光家的门打开一条小缝，他露出一只眼睛，露出半张脸，露出半个身子。他从门里钻出来，闪到梧桐树后面，再闪到篱笆后面，又闪到路口。然后，他很快也很熟练地爬上苦楝树。

陈光像一只鸟一样站在苦楝树上。他双腿岔开，双手扶着树枝，踮着脚向东看。然后，他又站到更高一点的地方，踮着脚向东北看。

陈光原来在家啊！

“阿嚏！”有一个人在远处打喷嚏。

陈光很快也很熟练地滑下树。他脚一落地，就猫着腰溜回了家。

“砰！”陈光家的门关上了。

五

我们闹的时候，原来陈光就躲在家里。我们刚走，他就跑出来爬上树。

陈光为什么要这么做呢？

我赶到学校的时候，数学课已经上了半节。我忽然转身，背着书包出校门。我抄近路跑回桐村，从屋后绕到陈光家西边，躲到他家的篱笆下面。

陈光家的门关得死死的，就像一个人紧闭着眼睛。他还在家里吗？我等了一会儿，门还是没有开。我想了想，钻进竹林，跑到河边，隔着河向田里望去。

田里有好多人在劳动。劳动的动作都是一样的，分不清哪个是哪个。但我还是看清了，那个最矮小、最吃力的是陈光。

陈光在田里，和大人一起干活。

我放心了，蹿到苦楝树下。爬树我可是好手！我很快就爬到陈光站的树枝那里，枝丫被磨得很光滑。我向东看。太阳已经升起，阳光开始刺眼。村前的路伸出桐村，伸过桥，伸进西来街六弄。

我又像陈光那样，站到更高一点的树丫上。那地方很好找，陈光的脚蹬和手抓，都留下了很明显的痕迹。我双手扶住树枝，踮着脚向东北看。太阳比我高，阳光形成一个晕圈，让我不得不眯起眼睛。我看到这条路穿过西来街，从西来车站那里拐向北，沿江平公路钻进西来小学。

啊——从弄堂这个豁口，正好可以清清楚楚看到西来小学。

西来小学是一个大院子。我看到有一个同学，像一颗山芋从教室里滚出来，提着裤子急急忙忙向厕所跑。我还看到体育老师陈顺林走出

办公室。他左手背在背后，右手的手指撮着放在唇边，好像随时要吹哨子。这是他的习惯动作。

“咣！咣！咣……”下课的钟敲响了。

钟敲响的同时，同学们从一间间教室冲了出来，一下子就布满操场，就像装山芋的麻袋口松开了，山芋散了一地。

我好像看到我们班的同学了，因为他们在空地上立定跳远。陈顺林老师最近教我们立定跳远，还要比赛，看哪个跳得最远。

六

上午第四节是体育课。我假装上厕所，提前溜走了。我还是躲到陈光家西边的篱笆下面。当放学的队伍从他家门口走的时候，他在田里干活。

下午上学，大家又到了陈光家门口。

周小春说：“我们比赛立定跳远吧。”

“噢——”我带头响应。比赛立定跳远，就不会喊顺口溜了。

周小春学着体育老师陈顺林的动作，左手背在背后，右手的手指撮着放在唇边，好像随时要吹哨子：“我倒要看看，哪一个跳得最远！”

大家都说自己跳得远，一边说一边抢着跳。陈光家门口好像来了一群青蛙。有些同学故意撞到一起，然后躺在地上装死。

“嘟！”周小春假装吹了哨子，用陈老师的语气说：“我知道你们能跳。跳哪个不能啊？青蛙也能跳。关键是要跳得最远。”

“最远？最远有多远？”我问。

“最远——最远——”周小春说，“最远就像——就像鸟一样飞出去——”

周小春还没做动作，西来小学的预备铃响了。我们像麻雀一样飞向西来街。

我趁大家不注意，转身躲到陈光家西边的篱笆下面。

陈光从家里闪出来，爬到树上。他刚上树，就有人过来了。他慌忙滑下来躲回家。

我赶紧向学校里跑，踩着铃声进了教室。

下午第三节是自习课。我把书包交给刘锦辉，让他帮我带回家。我又假装上厕所，跑出学校，绕到陈光家西边的篱笆下面。我看到陈光在田里干活。

我弄清楚了。陈光早上和下午，都会在我们上学的时候上树，看我们上学！他爬上苦楝树，看我们走出桐村，走过桥，走进西来街六弄；看我们穿过西来街，从西来车站那里拐向北，沿江平公路走进西来小学。

七

桐村的同学们围着我，问我为什么迟到早退。我结结巴巴说没有。

“还没迟到早退啊？”周小春说，“你以为我们看不出来啊？小水不在教室里，哪个都看得到。”

“小水——小水——拉肚子……”刘锦辉的脸涨得通红，站到我前面说。

大家哈哈大笑，注意力从迟到早退上转到拉肚子上。拉肚子的惨样，大家都有过，一次次向外面跑，有时候来不及还会拉在裤子上。

“我们帮小水洗洗吧。”周小春坏笑着。

大家来劲了，要上来脱我的裤子。我捂着裤裆、坠着屁股转圈子，不让他们靠近我。刘锦辉挡在我前面，挥舞双手帮我抵挡。

几个女同学一看，加快步子跑了。剩下的都是男同学，一个个都放开了。他们围着，并不着急抓我，而是一点点缩小包围圈，把我和刘锦辉逼在中间。我和刘锦辉抵挡不住了。

“小水，小水没拉肚子，是我拉肚子了。”刘锦辉突然说。

刘锦辉的身子向下一矮，拔腿就要跑。但他在包围圈里，跑不出去。他就在圈子里跑，忽然正跑，忽然反跑，要找空当跑出去。大家手拉手，跟着他转，一会儿就被拖得气喘吁吁。有几个累得跌倒在地，篱笆一样的包围圈露出了豁口。

刘锦辉从豁口冲了出去，箭头“嗖”地也跑了。

同学们没有追刘锦辉，追也没有用，他跑得太快。大家还是把我围住，一个个坏笑着逼向我。

“看，你们看！”刘锦辉在包围圈外面喊着，解开裤带。他家里穷，做不起裤子，他穿的是他爸爸的裤子。大裤腰包在腰上，裤腿挽着。他咬着裤带，提着裤腰。

“噢——”大家放下我，扑向刘锦辉。刘锦辉的裤子很大，脱下来可以当风筝放上天。

我们经常脱了裤子，光着屁股到河里去，然后从河里爬上岸，“猴”到树上。如果有女同学过来，我们会跳进河里。但是，如果裤子被别人扒了，那就是一件很丢脸的事。这就好像自己拍打自己的屁股没关系，也好玩，但要是被大人扒下裤子打屁股，那脸就丢大了，在同学面前好几天抬不起头。

“我说，我说——”我喊道。

八

“陈光在树上。”我把大家拢到一起，小声说。

“啊？”大家不相信我的话。

我站起来，用手做着爬树的动作。我告诉大家，我们上学的时候在他家门口闹，他其实就躲在家里。等我们走过去，他就会爬到树上，看我们走进学校。

同学们都傻了。

周小春哭了起来：“他一定……是从门缝里……看到我了……”

“你怎么知道他看到你？”我担心地问。

“他——前天看到我，一转身就跑了。”周小春说。

“噢——”我松了一口气，“他遇到我，也是转身就跑。”我问大家：“你们呢？”

大家都点点头，好像都松了一口气。但大家都不说话，垂头丧气。

周小春忽然说：“我再也不闹了！我再闹，就让我从树上掉下来！”

我们都跟着点头，都说好。

天快黑了。雾不知道从哪里钻了出来，一缕

一缕地飘着。它们被变冷的风吹着，慢慢散开来，连成薄薄的一片。

“陈光——陈光为什么要上树，看我们上学呢？”周小春问。他笑着说：“他躲在家里，等我们走过去再上树？小水，是你编的故事吧？”

大家看着我。

“呃——”我想了想，“我们有肉吃——”

“我们哪里有肉吃？”周小春怪笑着。

刘锦辉拉拉周小春的衣服：“小水、小水……是打比方。”

“我们有肉吃，陈光没有，可是他又想吃，怎么办？只有偷偷摸摸看我们吃。”我说。

我对我打的比方很满意。

“明天呢？明天怎么办？”周小春问。

我们不知道明天怎么办。明天再说吧。

第二天早上，我们没有在陈光家门口闹，假装要迟到，喊着“向我开炮”，从他家门口冲过去。

中午放学的时候，语文老师说下午年级组老师要去县里开会，大家放假半天。

“我们还是像上学一样，在陈光家门口闹一下吧。”周小春讨好地看着我，看着大家。

“然后呢？”我问。

“你们假装和往常一样去学校，”周小春哭丧着脸，“我和小水躲起来，看他是不是上树。”

“我——也——躲起来。”刘锦辉红着脸说。

大家看着我。

我点点头。我看得出来，大家还是有些怀疑我的话。他们不是不愿意相信我，只是希望没有伤害到陈光，所以要证实一下，陈光是不是躲在家里，是不是上树。其实，我也想验证他到底是不是每次都上树，我还想知道他在树上做什么。

“你们要像真的一样闹啊！”我认真地对同学们说。我又对周小春、刘锦辉说：“我们躲在篱笆下面，千万不能有声音。一有声音，陈光就会慌，就会掉下来的！”

九

苦楝树站在高土堆上，看上去比哪一棵树都高。太阳在树顶上，把它照成了一团黑色的影子。

陈光很快爬上了苦楝树，像一只大鸟落在树丫。他端正地坐在一根树枝上。那根树枝我见过，树皮被他坐光滑了。

“上课！下面我要提问题了。”陈光用语文老师的语气说，“这个问题很难的，看哪个最先举手回答！”他左手撑腰，右手举过头顶。这是方老师的习惯动作，上课讲到激动的时候，就会左手撑腰，右手举过头顶。

“好！陈光第一个举手，小水也是第一个，刘锦辉也是第一个。”陈光用方老师的语气说，“今天校长在我们班听课，需要一个同学很正确地回答问题，要保险！这个同学请哪个呢？周小春，你猜！”

“陈光！”陈光学着周小春的声音抢答。

“很对！陈光这个学生是聪明的。”陈光左手撑腰，右手举过头顶——方老师激动的时候就是这样的。

陈光在树上伸胳膊、踢腿，好像下课了。过一会儿，他改用陈老师的语气说：“下面要上体育课。这一节体育课，要比赛立定跳远。”

“我倒要看看，哪一个跳得最远！”陈光站起来，像陈老师一样，左手背在背后，右手的手指撮着放在唇边，好像随时要吹哨子，“哪一个呢？噢——又是陈光举手了，小水也举手了，刘锦辉也举手了。周小春你看看，大家都举手了。你呢？”

“我也能！”陈光学着周小春的声音说。

“我知道你能的，可是你能跳第一吗？”陈光用陈老师的语气说。

“我——也能的。”陈光学着周小春的声音说。

“嘟！”陈光假装吹了哨子，用陈老师的语气说，“我知道你能跳。跳哪个不能啊？青蛙也能跳。关键是要跳得最远。”

“最远有多远啊？”陈光学着我的声音说。

陈光又学着周小春的声音说：“像鸟一样飞出去！”

“你们哪个做一个榜样？哪个呢？像鸟一样飞出去！”陈光像陈老师一样看着那个光滑的树丫，那里应该坐着陈光。

“我！”陈光坐过去。

陈光又站起来，用陈老师的语气说：“周小春你看看，又是陈光！陈光，你来——”

陈光蹲下来，像鸟夹紧翅膀一样并拢双臂，然后双腿用力。

我、周小春和刘锦辉慌忙从篱笆后面站起来。箭头也昂出了头。

“陈光——”周小春撕破嗓子喊。

“汪！”箭头像一颗子弹一样射了出去。

陈光已经像一只鸟起飞了。他刚飞了一点点时间，就像一只鸟突然中了一枪。

树上空了。

“噗！”我们听到了一个细微和短暂的声音。

2016.3.31 起笔于老家西来

2016.4.18 改定于南非开普敦

稻草的人

一

麦子从我的脚下推向前，推到天边，成为一个整块。遇到风，也是整块耸动，像河里的波浪向前涌。那种耸动很壮观，如果是向远处涌去，好像能把天边冲远了；如果是从远处涌来，好像整个麦田会翻卷过来。

我禁不住后退一步。

孙定远拉着我的胳膊问："小水，你怎么啦？"他家在西来街上。他喜欢到桐村来，找我和刘锦辉玩。

“啊——没怎么啊。”我笑着说，“你看——麦浪。”

“麦浪？”孙定远看着我，跳开两步，一脸坏笑，“小水，你是想小麦了吧？”

小麦叫环雪，家在西来街六弄口。爷爷眼睛瞎了，奶奶瘫在床上，爸爸前年在建筑工地摔断腿，家里很穷。妈妈受不了，改嫁，跟一个在长江上打鱼的渔民走了。男方给了她家一麻袋小麦。大家就喊她“小麦”了。

大家也经常帮助她家，这家在她家门口丢一袋小麦，那家在她家门缝里塞点零花钱。

小麦比我们低一年级。学校排节目，让我和她演哥哥妹妹，要我们手拉手上场。我不肯拉。她也不肯。手拉不到一起，戏就排不下去。我找来一根小棍子，我抓这一头，让小麦抓那一头。

“这像什么样子啊？”校长哭笑不得。

有一天，排节目的时候，小麦突然拉住我的手。她是女生，比我低一年级，但手劲比我大多了，我怎么甩也甩不掉。

“哥，你看，朝霞镶满天，红日刚露头。”小麦拉着我的手说着台词。她的普通话很好，声音清脆。

“哈哈哈哈……”看热闹的同学起哄。

我开始被大家笑话，大家动不动就“哥”啊

“哥”的。

我恨死小麦了。

后来，刘锦辉打听到了小麦拉我手的原因。她想早一点把戏排结束，因为有许多家务要做。

我心里突然原谅小麦了。她的眼睛很漂亮，眼睫毛很长。我从来没有被人喊过“哥”，更没有被女孩子喊过。“哥”这个字，像粒水果糖，让我心里甜蜜蜜的。她的手冰凉，还有老茧和裂口。每次拉手，她的手都会在我的手里温暖起来。手一温暖，老茧好像也软了，裂口好像也平了。她的手在我的手里，像一只要飞的鸟。

去年过年，我让妈妈给她做了一件花棉袄。

“妈妈，你不许说。”我竖起一根食指，认真地点着妈妈，“说了，就不是我妈妈。”

妈妈用食指钩住我的食指：“好，我不说。”

“为什么不要说？”妈妈笑着问。

我瞪着妈妈说：“我是男生，她是女生！”说完就跑了。

我确实原谅了小麦。但是，当人家说我和小麦手拉手的时候，我要做出愤怒的样子。

孙定远细声细气地说：“哥，你看，朝霞镶满天，红日刚露头。”

“你、你瞎说！”我扑向孙定远。

“小水要抓我啦！快跑啊！”孙定远大叫着跑

进麦田。麦子和麦子之间，有一条几乎看不见的缝，缝下面是田埂。

我也跑进麦田。我跑的是孙定远左边的一条田埂。我冲开密密的麦子，就像一条船推开严丝合缝的水。

一条条麦穗，像一条条小鱼撞击着我，很快落在我身后。有一些麦粒会飞起来，辣辣地弹在我脸上。我眯着眼睛，阳光下的麦田模糊而明亮。

“布谷、布谷。”一只布谷鸟在麦田上空叫。布谷鸟，永远不知道它在哪里。它的声音出现在这里，其实已经飞远了。

突然，刘锦辉从我左边的一条田埂上来了。他的速度很快，刚和我并排就跑到了前面。

刘锦辉左边那条田埂没有人，但麦子下面好像有一支箭射向前方。

“汪！”

一条黑狗从麦田里跳出来，像一条乌鱼冲出水面。它是刘锦辉家的狗，叫箭头。箭头兴奋地叫着，又跌进麦田。等它再一次跳出来，“轰——”一大群麻雀腾空而起。

那群麻雀，好像是一大把树叶，被无形的大手抛向了天空。

二

箭头的速度飞快。麦田深处的麻雀，没有一点察觉，箭头就到了它们身子下面。箭头到了，它们并不知道来的是什么，只是本能地惊起。它们刚刚飞离麦子，有的腿还蹬在麦穗上，箭头已经蹿了上来。

“叽喳——”麻雀一起飞起来，先到了一个高度，然后向四处飞窜。它们乱七八糟地飞过，在我的头顶、耳边刮起飕飕的冷风。

等我回过神，麻雀已经不见了。刚才爆发的一团麻雀，如同一个突然的梦。我愣在麦田中央，孙定远、刘锦辉也愣在麦田中央。阳光照在麦子上，泛起耀眼的金光，无边无际，整块地起伏。

突然，在我们的右前方，一团麻雀“轰”地飞起来。一定是箭头在麦田底下乱蹿，惊动了它们。果然，箭头又一次像乌鱼蹿出：“汪！”

这团麻雀不是刚才的那团，至少不完全是，因为从麦田里还弹出两个大家伙。两个大家伙拖着长长的尾巴。

“野、野、野鸡、鸡！”孙定远说。

孙定远的爸爸妈妈都是哑巴，只会发出“欧巴”的声音。大家担心，哑巴爸爸和哑巴妈妈生的孩子，会是小哑巴。我妈妈说，他一生下来哭声很响，大家放心了。他后来会说话，却是一个结巴。大家给他取了一个绰号“八哥”，希望他说话不磕磕巴巴。老师特许他上课想说就说，不要举手，站起来说不下去也没有关系。

现在，孙定远只要不着急，就叽里呱啦说不停，真的像八哥。但他只要激动，说话还是有些结巴。

两只野鸡把翅膀张到最大，滑翔着，像树叶飘过我们的头顶，飘向不远的地方，然后放下细长的脚，“站”到麦浪里就不见了。在它们落下去的地方，又“轰”起一团麻雀。

“扑啦啦——”又一只大鸟从麦田里钻出来。它用劲扇着翅膀，贴着麦浪飞。它惊起一路的麻雀——不止是麻雀。在更远的地方，有些鸟夸张地提前惊飞。它们飞在麦田上空，高高低低，密密麻麻，像夏天傍晚时候的蚊虫。

麦田里隐藏了多少鸟啊！它们吃掉了多少小麦啊！

我忽然想，如果当时小麦家有一麻袋小麦，小麦的妈妈也许就不会改嫁了。

我让孙定远和刘锦辉在田边等我，回家拿了

一件军用雨衣，还有一根竹竿。

“小水，又没下雨。”孙定远说。

刘锦辉猜到我要做什么，激动地踏着步：“要演戏了。”

我和孙定远、刘锦辉走到麦田中间。我披上雨衣，让孙定远和刘锦辉一边一个钻进来，再戴上帽子、扣上扣子。我要装扮成稻草人。鸟儿飞到我们头顶，我突然挥动竹竿，像打枣儿一样打它们，至少会把它们吓得半死。

我们三个人，蒙着一件军用雨衣，站在麦田里。热气顺着腿向上涌，太阳在雨衣外面烤。雨衣里又闷又热，像蒸笼，但我们憋住，一动不动。箭头伏在我们脚下，头搁在我的脚背上，“哈哈”地喘着粗气。

一群一群的鸟飞过来，好多是麻雀。它们对麦田里突然出现的雨衣，感到有些意外，飞上飞下，飞前飞后。我们不敢动，眼珠子跟着转。那些鸟很快识破了我们，落到竹竿够不到的地方。有一只胆大的麻雀，站到我紧握的竹竿上。雨衣里越来越闷热，我们头晕目眩。我刚想挥动竹竿，孙定远被热得坚持不住，腿软了，瘫了下去。他瘫下去的时候，抓着我的手。我的竹竿翘了起来，麻雀就像一颗小石子，被竹竿甩了出去。

箭头也受不了了，叫喊着向麦田外面冲。一

瞬间它失去了方向，惊慌失措，鬼喊鬼叫。无数只鸟兴奋地飞起来。几只鸟准确地把屎拉在我们头上。

三

我和孙定远、刘锦辉坐在腰沟的河堤上。我们想让麻雀上当，却弄得自己满脸痱子，又红又痒，样子还很滑稽。

桐村由两个一前一后的村子组成。前面一个村子有七个组，我们这个村子有六个组，每组四五十户人家。我家在八组东边，靠近西来镇；刘锦辉家在八组最西边，靠近九组。村子由东向西。村东有一条河，河上有一座小桥。桥东对着西来镇六弄口，小麦家就在那里。

西来的村子，都叫“埭”。埭是土坝的意思。很早以前，这里还沉浸在长江里。后来江水后退，老祖宗筑坝，在坝里边建房子、种地。江水继续后退，老祖宗又在前面筑坝。

腰沟东西走向，和埭平行，夹在埭和埭的中间，像一个人的腰。腰沟是埭的分界，也方便灌溉。

“我们扎稻草人吧。”我说。

孙定远问："为什么要扎稻草人呢？"

"赶麻雀。"我侧着身子说。

孙定远问："赶麻雀？为什么要赶？"

"呃——"我说，"它们偷吃小麦——是、是真小麦。"

"小麦？小麦还有真假啊？哪个是真小麦，哪个是假小麦呢？"孙定远指着我说。他转过脸，对刘锦辉说："小水又说小麦，小水就想着小麦。'哥，你看，朝霞镶满天，红日刚露头。'"

我瞪着孙定远。他绷紧身子，做出随时准备逃跑的样子。不过，我现在不打算找他算账。我笑着说："那么多鸟，吃多少小、小——粮食啊。"

"小——粮食？小麦吧？"孙定远坏笑着。

我挥着手说："那么多麻雀呢。"

"那么多小麦呢，还怕几个麻雀吃？"孙定远也挥着手，比我还用力，"不对，小麦就一个——"

刘锦辉推推孙定远，要他别说话。

我站起来说："我们扎稻草人。每人扎一个，排成一排——"

"啊啊啊呀，好——好啊！一——一直、直、直、直排到、到天边、边。"孙定远跳起身，手指着远处对刘锦辉说，"螳螂，你跑！你跑得快！你一口气跑到天边。"

刘锦辉激动得满脸通红，紧张地搓着手。他

的腿很长，上身像安在两根长棍子上。他跑得很快，跑起来像螳螂那样一跳一跳的。他跳了两下问：“天边？天边在哪里？”

“在那里——”孙定远指着西边说。

向东一眼看到西来镇，向西是看不到边的麦田。麦田就像一条河，流向遥远的地方。

刘锦辉揉揉眼睛说：“那不是天边啊。我有一天跑了很远，跑到八圩了，天边还是那么远。”

“跑到跑不动了，看到的就是天边。”孙定远有把握地说。

我笑着说：“那得扎多少稻草人啊？”

“呃——”孙定远抓抓头发说，“是啊。”他看看四周又说：“要不这样，到我们组的尽头吧。”

我一挥手，孙定远和刘锦辉跟着我，在腰沟上狂奔。

箭头拉直、拉长身体，啪嗒啪嗒向前。我们看不见它跑，只看到两条后腿飞快地后蹬，看到它的屁股越来越小。

腰沟两岸，有一些杂树。河滩上种着蚕豆、油菜。蚕豆花和油菜花都谢了，豆荚和油菜籽荚开始饱满，一条条听话地垂挂着。风一阵一阵，有一阵凉，有一阵热，带着说不清的香味。

“啊呀快看，那里——”孙定远指着腰沟下面说。

腰沟下面有一条土路，从腰沟下面通到埭上刘锦辉家门口。这里是八组和九组的分界。组和组之间的农田，靠宽一点的排水沟或者宽一点的土路分开。

土路和腰沟连接的地方，插着一个稻草人。

四

稻草人绑在一根竹子上。扎稻草人的麦秸秆是去年的，光泽不明显了，但稻草人是新扎的。一根根麦秸秆整整齐齐，像一个人很认真地梳了头发。扎稻草人的绳子，捆得很认真，也很匀称，每根绳子之间的麦秸秆，都像一节藕。

“咦？”孙定远摸着稻草人的手。稻草人的手，不是平直地伸着，和身体成一个十字架，而是垂在身体两边。

孙定远把稻草人的手臂向上扭。扭上去就垂下来。再扭，还是垂下来。他看看我们说：“坏了吧？”

“不是坏呢。”刘锦辉蹲下去，把手臂摆到原来的位置上。双臂一前一后，像一个人走路的姿势。

“你怎么知道的？”孙定远问。

刘锦辉红着脸，搓着手，两条长腿轮流提着。

箭头好像知道刘锦辉受到了表扬，呜咽着，龇着牙，翻了一个跟头。

我仔细看着稻草人。一般的稻草人，都是随便抓一些麦秸秆、稻草捆捆扎扎，乱蓬蓬的。这个稻草人却干干净净、整整齐齐，很有精神。

“看这里——”我指着稻草人的脖子。

稻草人的脖子上，有一条用麦秸秆编的细项链。

“真像啊。”我摸着项链说，“像一根金项链。”

“不要——”刘锦辉突然说。

我吓得缩回手：“不要？怎么了？”

“没——怕弄断了。”刘锦辉绞着衣角说。

“这是哪个做的啊？”孙定远点头，“哪个把稻草人编得这么好，还编金项链。”

田野里没有人。太阳已经升得很高。阳光更加明亮，每一粒都在麦叶、麦穗上跳跃。麦田像潮水涌向天边。无数的麦穗，像赶着潮水的一条条小鱼。

我拔出稻草人，扛在肩上。

五

“就按照这个样子扎。”我指着稻草人说。稻草人插在空地上，像一个人站在我们面前。

箭头听懂了我的话，低头摇尾向草堆里钻，咬出一嘴稻草。孙定远接过去，闻闻，捂着鼻子给刘锦辉。

“霉的。”刘锦辉也闻了闻，丢到草堆上。

到哪里去找那么好的麦秸秆呢？家家户户的房前屋后，都有草堆，但都是去年堆的，已经垮塌、缩小了。草色灰暗，一股霉味。

“这么好的麦秸秆，肯定是一根一根选的，要选好长时间。”我摸着稻草人说。

孙定远闻闻稻草人：“一点霉味都没有，就是麦秸秆的味道。”

霉烂的草堆让我们垂头丧气。

麦田在微风下，波浪缓缓起伏。麦田上空，蓝天辽阔。埭上升起一柱柱炊烟。炊烟直直地向上，在很高的地方飘散。

孙定远说：“要这么认真扎一个稻草人，干什么呢？”

“有人正好没事，就扎了一个稻草人。”我说。

"……"刘锦辉张嘴又合上，然后点点头。

孙定远看看我，看看刘锦辉，也点点头。

我们推翻好几户人家的草堆，捡一些好一点的麦秸秆，一人扎了一个稻草人。

刘锦辉扎得很认真，头上加了两根辫子。我想说你怎么扎了一个女的，话到嘴边咬住了，因为我看到，我无意中扎的是一个男的。男的肚子有点大。我忽然明白，我扎了一个"爸爸"。

我的爸爸在兴化做老师，放暑假和寒假了，他会坐船、坐汽车回到西来镇。假期快结束了，他会再坐汽车、坐船去兴化。

刘锦辉扎的，一定是他的妈妈。他刚生下来，妈妈就死了。他爸爸刘油果抱着他，一家一家讨奶喝，他才活了下来。

我偷偷地看看孙定远，怕他点破刘锦辉的用意，让刘锦辉伤心。他手忙脚乱，没注意我们的稻草人。他扎的稻草人还没绑到竹竿上，就散了。他用绳子加固，一道道绑着，把稻草人搞得像一个伤兵。有一些草还是没绑住，披披挂挂。他往下撸。越撸越多，稻草人身上的草越来越少，最后就剩下一根竹竿。

"哈哈哈哈……"孙定远很开心，"光杆司令。"

太阳当头。麦田的气温升高了，我们的腿热

得麻酥酥的，胸口被热气蒸着，呼吸发烫。拔来的稻草人，被我们插在最靠路边的地方。路过的人看到了，一定会说这么漂亮的稻草人啊。然后插刘锦辉扎的，再插我扎的。

孙定远扎的稻草人，被插到麦田中间。他扎的稻草人，松松垮垮，远看马马虎虎。

六

“……不不不不、不见见、见了！”孙定远跑到我家说。

我问：“什么不见了？”

“稻——草人！”孙定远说。

“你的？”我笑着说，“你的稻草人谁要啊？”

“不不不、是我我我的，是是偷、偷、偷、偷来——来的。”孙定远说。

“偷——”我明白了，“那个是吧？”

孙定远拉着我去麦田。

我只看到了三个稻草人。靠路边的那个稻草人不见了。

“呜——”箭头到了我们脚边，快得像从地里钻出来的一样。

刘锦辉迈着长腿也到了。

太阳偏西，但光芒没有减退。麦田在逆光中向西铺开，麦子像被融化成了糖稀。天边和麦田相接的地方微微泛黄，好像糖稀把天幕洇湿了。

“那个不应该插在路边的。”我说，“插麦田中间就好了。”我对孙定远说：“把你扎的插在路边，就不会有人拔走了。”

“呃——”孙定远装出满不在乎的样子，“扎得再好，也还是稻草人。”

“那也是人啊。”刘锦辉说。

孙定远说：“是人，是稻草的人。”然后，他像踩着弹簧一样跳起来，什么也不说，就向西奔去。

箭头竖起头，判断了一下，“嗖”地钻进旁边的麦田。

孙定远很快就跑到那条土路上，转身向南，向腰沟跑去。

箭头突然从麦田里钻出来，像一个影子闪到腰沟上。

孙定远到腰沟下面了。他弯下腰，又站起来，举着稻草人向我们晃。

我和刘锦辉跑过去。

“稻、稻——稻草——人人人、真真有不不——一样的。”孙定远结结巴巴地说，“它、它它它——会——自己、走走走！”他没说完就笑了，指着竹竿问刘锦辉：“它就一条腿，怎么跑？”

"它——它跑不用腿的。"刘锦辉说。

孙定远两条腿把箭头夹住："对。仙人，会飘，会飞，不会走。"

太阳挂在西边的半空。没有风，麦田像平静的河面。麦田上有几只鸟在飞。

我看着土路、腰沟、埭。稻草人不会自己走的。即使自己走，那它是哪个扎的呢？稻草人不会自己扎自己吧？

我忽然有了一个想法。我拔起稻草人，扛回来，还把它插在路边，然后爬到桑树上。孙定远和刘锦辉跟着爬了上来。箭头在树下跳着。刘锦辉向它摆摆手，指指麦田。它兴奋得翻了一个跟头，压低身体，扁平着退进麦田，隐在麦秸秆后面。

"布谷、布谷。"一只布谷鸟在头顶叫。抬起头，却什么也没有，只有干干净净的天空。

太阳慢慢向西。风向转了。夕阳下的麦田，整块地耸过来，就像一个躺着的巨人，突然要站起身。无数的鸟，在晚霞中成为斑斑点点，飞向埭上的竹林。

"欧巴欧巴欧巴！"孙定远的妈妈突然站在桑树下，向我们招手。

孙定远的爸爸妈妈都是哑巴，只会喊"欧巴"两个字。孙定远家住西来街上。她是怎么知道我们躲在树上？她对一下子就抓到了我们很得意，一边快乐地“欧巴”，一边热情地招手。

我们乖乖地下树。

七

稻草人，一大清早又不见了。

我忽然想到了腰沟，急忙向那里跑。清早的土路，被两边麦子上的露水打湿，有些滑。一些会跳的虫子，唧唧唧唧地弹起来，落到麦子里。湿重的麦子低垂着头，一个个像不肯醒的样子。

箭头跑得比我们快，尖起脑袋就没了影子。等它再一次出现，已经到了腰沟那里。

“汪汪汪——”箭头卖力地狂叫着，一定是发现目标了。

我们赶到腰沟下。

稻草人站在原来的地方。

这真是怪了！孙定远的脸皮绷得紧紧的，喘着气站到我身后。我一把抓住他的衣服，生怕他跑掉似的。

刘锦辉搓着手，两条长腿原地踏步。

箭头很知趣，跑到腰沟上，贴着一棵杨柳树站着，竖起耳朵，夹着尾巴张望。

"唔——"箭头发出低沉的声音。它是在提醒我们,有人来了。

我们慌忙蹲下来,把头低过麦子。

"螳螂,你听出来没有,哪个?"孙定远问刘锦辉。

刘锦辉侧着头,皱着眉,认真听着。他的耳朵很灵,能比我们先听到很远的地方的声音。他抬起眼皮说:"是——"他看看我,说:"小麦。"

"呃——嘿嘿嘿,小麦!"孙定远对着我坏笑。

"小麦怎么了?"我对孙定远说,"你就知道小麦!你喜欢她啊,你拿去。"

"你喜欢她啊,你拿去。"孙定远学我说话,又说:"你让我拿去就拿去啊?她是你的啊?她听你的话啊?"

"去!"我瞪着孙定远,眼睛慢慢露出麦田。平着麦田看出去,小麦从很远的地方走来。她只比麦子高一个头,就像水波上飘来一顶帽子。我有些心慌,脸上发烫。

"哎哎,你抓我干什么?"孙定远晃晃衣袖说。

我讪笑着松开手:"不能抓啊?"

"嘿嘿嘿,"孙定远滚到我够不到他的地方,"你以为我是小麦吧?"

刘锦辉小声问我:"怎么办?"

"跑——跑跑、跑!"孙定远撅起屁股。

我想说跑，但两腿发软。我看到隐在麦子后面的墒沟，猫腰爬了进去。

八

阳光透过麦子，灌进墒沟。麦秸秆细密地站着，在顶部合拢，把我们掩盖住。几只小甲虫和几个大蚂蚁，在麦秸秆上爬上爬下，忙忙碌碌。墒沟里密不透风，又闷又热。我们大汗淋漓，像蹲在越来越烫的水缸里，脸涨得像猪肝。痱子多了，大了，也痒了。

“小麦来了。”刘锦辉小声说。

我赶紧低下头。箭头看看我们，扁着身子伏在地上，舌头伸出来像一只鞋垫。我听到有人走过来了，走路的时候碰着麦子，发出窸窸窣窣的声音。那人在离我们不远的地方停住脚步。然后，那人深吸一口气，又重重地吐出，清清嗓子说：“哥，你看，朝霞镶满天，红日刚露头。”

是小麦在说话。她的声音很清脆。

我像背后被猛地推了一下，头压得更低，嘴差一点就要啃到泥。地上有一棵麦穗。我忽然发现，麦穗像小麦漂亮的眼睛；麦芒长长的，像小麦的眼睫毛。我心一慌，赶紧闭上眼睛。

孙定远一定在笑，只是把笑声忍住了。他整个身子都在笑中抖动。

过了一会儿，小麦好像走了。我们连滚带爬出了麦田，瘫坐在地上，大口大口地喘气。箭头也钻了出来。它的舌头挂在嘴角，收不回去了，吓得仰着头、张大嘴，让舌头掉进口腔。

我以为孙定远会取笑我，但他不看我，手在地上乱画。刘锦辉一会儿看我，一会儿看孙定远，嘴张开又闭上、张开又闭上，长腿踏来踏去。箭头摇着尾巴，装模作样地追着一个小蛤蟆，跑远了。

“呃——”我说，“呃——”

“哈哈哈哈——”一阵大笑，从孙定远的嘴里喷了出来。

“你、你笑什么！”我问。

孙定远模仿小麦的声音说：“哥，你看，朝霞镶满天，红日刚露头。”

“这说明什么呢？”我心虚地说，“这，这是节目里的词。”

孙定远说：“哥——她可是背后喊你哥哦。”

“我？怎么是喊我呢？我和她——有仇。”我着急地说。

“你和她有仇？有仇还和她拉手啊？”孙定远说。

我跺着脚说："是她拉我的手，坏了我的名声！"

"坏了你的名声？其实你心里美滋滋的。"孙定远向刘锦辉眨眼。

"我——我！"我左右看看，寻找着什么。我忽然看到了稻草人。

稻草人站在麦田里。

我冲进麦田。麦子一棵棵拦住我，我就像在水里走一样困难。我弯腰用双手撸开麦子，用力踩出每一步。麦子被我踩倒一大片。

刘锦辉害怕地说："小水——"

我拔起稻草人，脚踩着，手拽着。麦秸秆捆扎得很紧，撕扯不动。细麻绳勒紧我的手指肚，我的手指快要断了。

"你你你、你疯啦！"孙定远带着哭腔说，"我、我、我说——说、说着玩的。"

刘锦辉从后面抱着我，把我的双手紧紧箍住。箭头咬住我的裤脚，向后拖。

有人拉我，我更来劲了。我身子猛地一扭，把刘锦辉甩开。我不扯细麻绳了，扯麦秸秆。麦秸秆很快被我抽散，一根根躺下，和倒伏在地的麦子混在一起。

"你不是说我美滋滋的吗？"我指着地上的麦秸秆，很开心地看着孙定远。但不知怎么的，我的双手在抖，心里想哭。我想起小麦的手。她的手上有许多老茧和裂口。我还想起一麻袋小麦。

“哇——”刘锦辉哭了。他说话的声音不大，但哭声很响。他哭得脸都变形了，脸上只剩下一张嘴。他又弯下腰，抱起散乱的麦秸秆，着急地跺着两条细长腿。

刘锦辉一哭，把我和孙定远、箭头都吓住了。我和孙定远都觉得奇怪，小麦的一个稻草人，怎么会让他这样伤心？

孙定远急急巴巴说：“螳、螳、螳螂！你怎、怎怎、么、了了？”

“哎，你、你哭什么啊？”我拉着刘锦辉的肩膀问。

“小麦啊——”刘锦辉大声哭着，“小麦……扎的……”

小麦的妈妈改嫁去了八圩。八圩在长江边，在桐村西南边。每到换季的时候，妈妈都要悄悄给她做一双鞋子，再托人带给她。今年春天，妈妈带给小麦的单鞋偏紧。她长大了，妈妈估摸不准她脚的大小了，就托人带信，昨天或者今天傍晚，来拿她脚的尺码，地点就是插稻草人的地方。

“托人？”我想起来了，刘锦辉的姑姑家在八圩，“那人是你吧？”

“螳螂，稻草人每次是你送回来的吧？”孙定远问。

刘锦辉没有回答我们的话，忽然像想起了什么，蹲到地上，拨拉着麦秸秆：“那个呢，那个呢，那个呢——”

“呜——”箭头一个箭步扑到前面，咬起麦秸秆编成的项链，一转身跳起来，把项链送到刘锦辉手上。

“这是尺寸，小麦脚的尺寸。”刘锦辉擦着眼泪和鼻涕，张开嘴笑着说。

九

我和孙定远、刘锦辉，新扎了一个稻草人。我们扎的稻草人，不如小麦扎的好。好在小麦的妈妈来的时候，天黑了，看不清稻草人的好坏。

我把那条麦秸秆项链，小心地围在稻草人的脖子上。

我们把稻草人插到麦田里。

太阳落山了。天和地相连接的地方，飘起了一条长长的红绸带。麦田上空，天色灰蓝，已经有了几颗眨眼的星。几只迟归的鸟，鸣叫着，急急地飞，隐进埭上的树林和竹园。麦子向西铺展，暖暖地伸进晚霞。清甜的麦香，就像水面的蒸汽，一丝丝、一缕缕，缠绕在一起，混合在一起，让人很容易想到满晒场的麦子。

我们默不作声，跟着箭头，沿着土路向埭上走，像三个移动的稻草人。

“布谷、布谷——”一只布谷鸟，在暮色里飞。

我好像听到有人在喊“哥哥、哥哥”。

2016 年 1 月 17 日

我的爸爸是一个驼子

一

我们都有爸爸，但各有各的爸爸。

王兵的爸爸是县委副书记，王兵经常见不到他。王兵每次见到爸爸，爸爸都会给他几块糖，或者一盒饼干。这时候肖路军遇到王兵，王兵会从裤袋里摸出一块糖说，归你了，你咬半块给金剑明。

“归你了。”王兵喜欢这样说。蝗螂，这块橡皮归你了，或者，八哥，这支铅笔归你了。

蝗螂是刘锦辉，八哥是孙定远。

熊一菲的爸爸是炮兵团长，部队在四川山区。熊一菲好几年见不到他，经常给爸爸写信，为我们要军帽，军帽上还要有红五星的帽徽。

谢天林的爸爸是中药店的，谢天林天天见到他。谢天林每天带着一股中药味上学，说难闻死了。我们凑近他嗅嗅鼻子，说很好闻啊。但不能凑得太近，太近了会打喷嚏——阿嚏！

好闻？谢天林弯起胳膊嗅嗅，他天天回来，蹭到哪里，哪里就是这个味道。烦——阿嚏——烦死了。

我的爸爸在兴化做老师。我只有寒暑假才能见到爸爸。兴化在靖江的北边，那里有好大的水。暑假，我和妈妈去看他，先坐公共汽车到靖城，再坐长途汽车到泰州，然后坐船去兴化。船从中午坐到晚上九十点钟。晚上的水黑乎乎的，只听到“噗噗噗”的机器声。突然前面有了光亮，像是从水里长出来的，那就是码头。

妈妈拍着我的肩膀说：“那是你爸爸，小水你快喊。”

爸爸在码头上是一个会招手的影子。

“妈妈喊。”我揉着被风吹出泪水的眼睛。

“他是你爸爸，”妈妈掠一下垂到额前的头发，拍拍我，“又不是我爸爸。”

我怕难为情。四周都是喊叫招手的人，我就

挥舞双手跳起来："爸——"

寒假到了，年三十下午，最后一班长途汽车路过西来镇。会有一个高大的人，扛着一条大鱼下车。那条鱼很大，报纸只能包住中段，头尾露在外面。

"小水，你爸爸回来了。"刘油果笑着对我说。刘油果是刘锦辉的爸爸，背驼得很厉害，像一只断了腰的大虾，看上去对哪个都点头哈腰。刘油果看人，要把上半身斜转、侧翻过脸，然后吃力地抬起头，眼睛向上，额头上就有了一道很深的皱纹。他在汽车站帮旅客背东西。人家看到他是残疾人，不挑选他，他就做出身体很好的样子，让人家多加东西。"加，不要怕，加！"他指着驼背说，"这上面天生就是放东西的。加！"

东西无论多大、多重，都能放在刘油果的驼背上，而且很踏实。

"噢。"我和刘锦辉躲在墙角看小人书。刘锦辉是我的同桌，也是我的好朋友。我爬起来往家里跑。刘锦辉跑在我前面。他的腿很长，走路很快，一跳一跳的，像螳螂。大家给他起的绰号就叫"螳螂"。他好像比我还高兴："小水，你爸爸回来了！"

远远地看见屋檐下挂着一条大鱼。大鱼腌起来，够我和妈妈吃一个春天。

我的爸爸和其他同学的爸爸不同。爸爸的一个标志是，总是穿有口袋的衣服，每一个扣子都扣得紧紧的。王兵的爸爸也穿有口袋的衣服，但喜欢披着，手背在身后。如果是衬衫就敞着。爸爸衣服的下摆左右各有一个口袋，一边放一个小本子，一边放烟和火柴。左胸口有一个口袋，插着一支钢笔，里面有一些零钱。如果右胸口也有口袋，零钱就在右胸口。这些口袋都有翻盖，用扣子扣住。他的裤子也有口袋，这边摸出叠得方方正正的手帕，那边摸出叠得方方正正的草纸。到了夏天，衬衫没有那么多口袋，但爸爸一定穿长袖，里面还有一件圆领短袖汗衫。

郭敏珍的爸爸是采购员，头发梳得很整齐，皮鞋上都是泥灰。

肖路军的爸爸是做芦花鞋的，头发上、衣服上粘着细碎的芦花。

孙定远的爸爸是哑巴，只会说“欧巴欧巴”。“欧巴欧巴欧巴”，孙定远的爸爸说不出话来，但喜欢说，到处说，一边说一边做手势。他说什么都是“欧巴”，但我们都能听得明白。

“欧巴欧巴欧巴！”孙定远的爸爸说。

听的人胡乱比画着，扯着嗓子喊：“好的，看见八哥就让他回家。”其实喊得再响也没有用，孙定远的爸爸听不见。

“欧巴!”孙定远的爸爸笑着竖起大拇指。

刘锦辉的爸爸是——

“我的爸爸是一个驼子。”刘锦辉说。

二

方老师的作文课与其他老师不一样,他不要求当堂写作文。作文两节课,他都用来讲评。讲评完了,布置新的作文题,让我们回家写。他要我们写记叙文,但不许乱编,要求我们“看见什么写什么”。

“看见什么写什么?”金剑明认真地问,“看不见呢? 就可以不写?”

方老师侧着头,一本正经地问:“你的眼睛怎么了,看不见?”

“呃——”金剑明难为情地说,“看不见作文里的故事。”

方老师说:“那小水怎么看得见?”

作文两节课,方老师都用来讲评。他把作文本放到讲台上,分成两摞,一摞多、一摞少。少的那一摞是范文,方老师拿一本讲评一本,拿一本讲一本。

方老师说:“讲透了,你们就知道什么是好,

好在哪里，怎么才能好——对小水等几个作文写得好的同学来说，怎么才能更好。”

方老师说的几个，是指我、王兵、熊一菲，有时候也有谢天林、郭敏珍。

方老师拿起一本作文本说：“整篇文章写得好，是好。一两句话写得好，也是好。你比如这一句，‘眼睛瞪得像一条缝’——”

“不对，怎么可能是一条缝？”王兵一边举手一边说。他喜欢举手发言，总是没有得到老师的同意就站起来了。他瞪着眼睛看大家：“你们看，眼睛瞪得应该像什么？像——铜铃吧？”

大家互相瞪着眼睛。

我和刘锦辉瞪着眼睛，但我很快就举手要求发言。方老师摆摆手，要我等等再说。我很激动，对刘锦辉说不对不对，真的不对。刘锦辉红着脸说，对，不对。刘锦辉是我的“铁杆”，我说什么他都赞同。

过了几分钟，大家眼睛瞪累了，不少人还流出了眼泪。

“小水，你说说。”方老师说。

我说：“眼睛一开始——”

王兵一边举手一边站起来说：“眼睛一开始是瞪得像铜铃，但时间不能长，一长就要眨眼睛，不眨眼睛就要流眼泪。”

“眼睛是越瞪越小，”我趁王兵擦眼泪的时候抢着说，“最后眯成一条缝。”

方老师说：“我读到这一句，也以为是错的，后来我对着镜子瞪眼睛，一会儿就撑不住了。”

“要想撑得住，就必须越瞪越小。”方老师左手撑腰，右手举过头顶。他讲到激动的地方，就会左手撑腰、右手举过头顶。“所以，我对写这句话的同学佩服得不得了啊！这个同学是——”方老师停了一下，“熊一菲！”

王兵一愣，赶紧带头鼓掌，讨好地看着熊一菲笑。王兵是班长，熊一菲是副班长。班上听王兵的，但王兵听熊一菲的。熊一菲向王兵噘噘嘴，王兵鼓得更快、更响。

“小水的。”方老师晃晃手上的作文本，目光扫着大家，最后落在我的眼睛上。

每次讲评，我的都是最后一篇。我是班上的作文第一高手，王兵很是佩服。要王兵佩服一个人是不容易的。王兵的议论文写得好，记叙文差一点。记叙文差，我觉得不是他的原因。他悄悄告诉过我，每次写记叙文，县委办公室的“笔杆子”都会帮他修改。

“告诉你啊，就是为了超过你。”王兵笑着说。

我找来王兵写的草稿，发现“笔杆子”每次都把他的记叙文改得像议论文，事情干巴巴的，跟

着一串大道理。道理大得吓死人。

方老师总是在第二节快下课的时候，把范文讲评完，然后转身，在黑板上写上“蓄谋已久”的作文题。他写好题目，把粉笔扔进黑板下的凹槽，转过身，搓着手看着我们。下课铃就会响。

方老师转身，在黑板上写——

我的爸爸

三

我和刘锦辉一起回家。刘锦辉家的黑狗到学校门口接我们。黑狗叫“箭头”。听这个名字，就知道它跑起来有多快。它把身体拉成一条直线，像箭头一样贴着地面飞。箭头蹭着我们的裤腿，“呜呜”地叫着，伸着舌头哈着气，摇头摆尾。

“去！”刘锦辉伸出脚踢箭头。

箭头顺势向路边一滚，翻了几个跟头，假装很委屈地呜咽着。只过了一会儿，它就颠颠地跑在我们前面，给我们带路。带了一会儿路，它忘记了，又来蹭裤腿。刘锦辉伸出脚。它在脚踢来之前就准备好了，夸张地惊跳起来，落下的时候脚一点地，就拉直身子蹿了出去。

我平时和刘锦辉一路上有说有笑。都是我说，刘锦辉不停地点头。他不喜欢说话，即使说话，声音也是小小的。我还指挥箭头跳着、追着，但写作文的那天我很少说话，心思都在作文上。

无论是什么作文题，我看到就兴奋。关于“我的爸爸”，我立即就有了想法。我的爸爸在兴化做老师，暑假我和妈妈去他那里，快过年了他扛着一条大鱼回来。我一年只有两个假期才有爸爸。我想好了开头——

我没有爸爸。

这个开头很吓人。

开头很重要。我就是要吓人的开头。一篇作文，我花时间最多的就是想怎么开头。方老师说，开头要像凤头。我觉得开头要像闪电，突然间“咔嚓”一下，连亮光带响声，把大家镇住。

我和刘锦辉住桐村。我家在村东，他家在村西。分手的时候，刘锦辉突然一把抓住我，指甲掐进我的膀子。

“怎么了？”我问刘锦辉。

刘锦辉脸色发白，嘴唇哆嗦。

我看得懂刘锦辉的嘴型，点点头说：“是，‘我

的爸爸’。”

刘锦辉看着我，一只眼睛流出了泪水，一只眼睛被泪珠蒙着。眼皮一动，这颗泪珠也滚了下来。

“这个——怎么了？不舒服啊？”我把手放在刘锦辉的额头上，又摸摸我的头，“不烫啊。”

刘锦辉看看我，转身向西走。他平时和我一分手，就和箭头一起狂奔。他要赶回家帮他爸爸做家务。今天走得很慢，两条细长腿像踩在泥潭里。他家里穷，一年四季穿着他爸爸的衣服。衣服的下摆拖到膝盖了。他的背影就像两根竹竿挑着一块破布，迎着夕阳走得东倒西歪。

我鼻子发酸，眼睛发热。

箭头看看我，又看看刘锦辉，然后低着头，夹着尾巴，贴着路边，走在刘锦辉的阴影里。

我想起来了，刘锦辉今天放学的路上有些不对劲，好像一边走，身上的精神一边掉。我因为想着作文开头，没有往心里去。刘锦辉为什么紧张、痛苦得发不出声音呢？他的嘴型告诉我，他说的是“我的爸爸”。“我的爸爸”怎么了？他前几天对我说，他爸爸准备让他退学。“退学？干什么？”我问。刘锦辉说：“说我成绩不好，学不出什么名堂，不如跟在他后面找点事情做做。”

我追上去，拦着刘锦辉：“怎么了啊？”

“我——”刘锦辉的眼睛被泪水蒙着。

我着急地问：“你怎么了？”

“我、我、我的爸爸是一个驼子——”刘锦辉用力说。

“你、你爸爸——”我就像一个狂奔的人突然遇到一堵墙，来不及拐弯，一头撞到墙上。我没想到刘锦辉说出这样的话，我不知道该怎么说。想到刘锦辉要写一个驼背的爸爸，我突然想笑，但刚笑，泪水就冲出眼眶。就像酒精棉擦着我的皮肤，痒痒的，想笑，但还没笑起来，针头就戳进去了，一点尖锐的疼痛钻进心里。

刘锦辉蹲下来，头埋在裤裆里。我看到他的背微微耸动，又快快地抖动。“呜呜——”哭声从裤裆里挤出来。他的声音很微弱，像一根细麻绳，勒得我心痛。

“你——就写你的——”我试探地说。我想对刘锦辉说写他的爸爸，又觉得他爸爸的形象实在不好。可是，他不写他的爸爸，又能写哪个呢？

“他是一个驼子啊……”刘锦辉抬起头，鼻子和嘴抽动着。

我说：“驼——驼子——”刘锦辉这句话就像闪电，让我眼前金光四射。“太好了！”我一把抓住刘锦辉的肩膀。

“啊？”刘锦辉愣愣地看着我，眼泪都忘记

流了。

我急切地摇着刘锦辉的肩膀说:“你就写你的爸爸,你的爸爸是什么样子,就写什么样子,照直写。”

刘锦辉不理解,红着脸说:“他、他是一个驼子。”

四

我和刘锦辉站在路边。瘦瘦的他套在他爸爸的大衣服里,衣服向下塌,肩胛骨明显凸起。箭头坐在我们中间,仰着头,看看我看看他。有时候会伸出爪子,轻轻碰碰我,或者碰碰刘锦辉,都是刚伸爪子就缩了回去。

“你嫌你爸爸是驼子吗?”我问。

“不嫌不嫌,不嫌!”刘锦辉连连摇头,“我怎么可能嫌我的爸爸?”

刘锦辉又说:“我、我——怕你们嫌。”

“我不嫌,他又——”我想说“又不是我爸爸”,觉得这话不能说,“他假如是我爸爸,我也不嫌的。没人会嫌爸爸的。”我假装很老练地拍拍刘锦辉的肩膀。我还想说“就像没人嫌弃妈妈一样”,但我没有说出口。刘锦辉早就没有妈妈了,妈妈生下他就死了。我听妈妈说，他的爸爸抱着他到处找奶喝。

“可是——我爸爸——驼子，只有坏蛋才是这样的。”刘锦辉说，“你看电影上，坏蛋才是这样的。好人都是那样的。”刘锦辉比画了一个很高大挺拔的形象。

“你爸爸又不是坏人。”我说。

刘锦辉说：“是啊。我知道他不是坏人，小水你也知道，但外面人不知道啊。外面人一看，就以为是写的坏人。”

“呃——”我想了想说，“我们写的是真人。那些是编的故事。你看啊，英雄牺牲了，还有高山、青松呢，还有歌声呢。怎么可能呢？那是编的。”

“再怎么编，也不会编一个驼子是英雄。”刘锦辉说。

“呃——”我说不清楚。

刘锦辉不说话。我知道他没有想通，但他又不愿意和我争论。我不管他，只顺着“驼子”向下想。刘锦辉的爸爸是一个驼子，比我们的爸爸都好写，比我们的爸爸都感人。如果一定要有一个人和他相比，那就是孙定远。孙定远的爸爸是哑巴。驼子和哑巴的故事，比正常人的故事要多，要好。

“啊呀！我帮你想好了开头！”我兴奋地说。

我的爸爸是一个驼子。

刘锦辉惊讶地看着我。

我说的，开头应该是闪电。这个开头就是闪电，是晴天霹雳。他的爸爸故事不平常。他爸爸本来是好好的，生他那年从脚手架上摔下来，腰摔残了。

刘锦辉摇摇头，忍不住笑起来说：“不行不行，不行！哪有这样写爸爸的？‘我的爸爸是一个驼子。’”

“真的很好。”我说，“我都恨不得我爸爸是一个驼子。”

“啊？”刘锦辉抬起头，奇怪地看着我。

我问刘锦辉感谢爸爸吗，刘锦辉点点头。我问他有没有对爸爸说过感谢的话，刘锦辉红着脸说那怎么好意思说，又不是电影里。我说，对啊对啊，平时怕难为情，就在作文里说哦。刘锦辉突然问我，小水，那你呢，你有没有谢过你爸爸？我说，谢过啊，我给爸爸写信，信里会说。

我说这些的时候，心里涌出一股暖意，好像爸爸就在身边，就在眼前。以“我没有爸爸”吓人开头，以“爸爸一直和我在一起”温暖结尾，我被写作文的冲动顶撞着，恨不得马上就有一张桌子。

“多好哦——小水你还可以写信。”刘锦辉低着头，绞着衣摆，“我和他——没有话说。我们一个晚上也说不到一句话。”

“我——我其实和爸爸在一起的时候，也没有话说。我和——”我想说和妈妈在一起有话说，又收住话，“我也不知道为什么，就是没话说。”我一边说一边想，等爸爸回来，我一定和他不停地说话。可是——我又担心，和爸爸哪里有那么多的话说呢？有时候想说一件事，本来准备了好多话，一开口就说完了。

“小水，你写信呢。”刘锦辉小心地拉拉我的衣角，劝着我，“写信就是说话。”

我咬着嘴唇说：“你才好呢，你天天和爸爸在一起。”

刘锦辉突然咧开嘴，开心地笑了，但他没有笑开，他怕我伤心。

五

方老师抱着作文本往教室走。他走到半路上想回一下办公室，正好遇到孙定远。方老师对孙定远说，你帮我把作文本抱到班上去吧。

“啊——什、什么——好、好——”帮老师做事最幸福了。孙定远激动得说话结结巴巴。他的爸爸妈妈是哑巴，大家担心他也会是哑巴，但他不哑，就是说话结巴。老师给他机会多说话，他慢慢就好了。孙定远平时喜欢说话，喋喋不休，大家给他起了一个外号叫“八哥”，但他不能激动，一激动说话就结巴。

孙定远抱着一大摞作文本，下巴抵在最上面，走得跌跌撞撞。他绕到教室后面，看看四周没有人，把作文本放在地上，啪啪啪地翻，找到我的。孙定远一目十行，突然愣着，五官纠结在一起哆嗦。他赶紧爬起来，抱起作文本，到教室里才哭出声：“哇——小、小、小水水、啊水——爸爸爸爸爸！被、被——活、啊活、活——埋啊埋——”孙定远急急巴巴地说。

“活——埋？”刘锦辉从我身边跳起来。

活埋这件事太难得了，也太大了。小水的爸

爸被活埋了，大家怎么没听到一点消息？大家紧张地看着我，不知道应该兴奋还是害怕。

“不可能！”王兵说，“小水的爸爸被活埋，我爸爸怎么不知道？”

“又不是你爸爸把小水的爸爸活埋的，你爸爸怎么知道呢？”郭敏珍说。我的妈妈和她的妈妈是同事，她的妈妈很喜欢我，不是喊我儿子就是喊我女婿。我和她平时不说话，但我知道，她总是护着我。她怒气冲冲地指着孙定远：“八哥！哪个说小水的爸爸被活埋了？”

孙定远指着我：“小水、啊水、的作作、作文写写写的——”

方老师走进教室了。

方老师像往常一样，一本一本地讲评。我没心思听，希望方老师快一点。今天，他不会读我的作文的，我的是瞎编的，他最讨厌瞎编。他一定会读刘锦辉的。刘锦辉的作文，一定是最后一篇，是最好的一篇。我有这个把握。我看到其他同学也没心思听，他们想赶紧到最后一篇，那一篇一定是小水的。在那里，我的爸爸被活埋了。

一摞讲评的范文，就剩下最后一本了。方老师拿起来，看看我们。我们都来了精神。

方老师翻开作文本，说：

又一锹土铲向我爸爸。

方老师读着。

“啊?”大家一阵惊呼。我大吃一惊,这是我的开头啊,刘锦辉的开头应该是“我的爸爸是一个驼子”。方老师看看我们,继续读——

土已经埋到爸爸的脖子了,爸爸的脸涨得通红。他还在呼口号,嘶哑的声音里好像带着血。

“啊呀!”大家还是惊呼。方老师看看我们,继续读。读到最后一节,他放慢了速度——

土越来越高。爸爸那颗高昂的头被埋进土里。后来,那里长了一棵树。多少年过去了,那棵树已经挺拔、茂盛。那是傲然挺立的爸爸。

方老师读完了。

“活、活、活啊活活埋啦——”孙定远及时地哭了起来。

“不对啊!”王兵一边举手一边站起来,“方老师,小水的爸爸在兴化,前几天还给小水写

信的。"

金剑明说："明明被活埋了。"

"如果被活埋，那就是烈士，"王兵摊开手说，"要是烈士，我爸爸怎么不知道？"

肖路军说："假如——假如被好人活埋，怎么会是烈士——"

"你爸爸才被好人活埋！你爸爸是叛徒！"郭敏珍撸着袖子说。

肖路军知道理亏，吐吐舌头，坐下来不敢回嘴。

"要是刚被活埋呢？"刘锦辉一边抽着鼻子一边说。他总是这样，不管三七二十一，喜欢说对我有利的话，做对我有利的事。

王兵摆摆手说："不可能刚被活埋，那棵树都长大了！"

我没有想到，我的作文有这么大的反响。我高兴得不得了，低下头，做出谦虚的样子。我想变成一只鸟飞到爸爸身边，告诉他我写了一篇好作文。当然，我要对爸爸说对不起，我写的不是我的爸爸。我的爸爸在兴化，"我的爸爸"被活埋了。

方老师好长时间不说话。我抬起头，看到方老师把作文本放到桌上，表情严肃地看着我们。大家看到方老师的表情，慢慢安静下来，不知道他为什么要摆脸色给我们看。

“你站起来。”方老师指着我，“就你，站起来。”

六

“我对作文的要求是什么？”方老师严厉地问我。

方老师说话从来没有这么狠过。我的心里七上八下：“看见什么，写什么。”

“亏小水你还记得。”方老师左手撑腰，右手举过头顶，“你看到你爸爸被活埋了？”

“呃——”我的心猛地一沉。

“胡编乱造！一文不值！”方老师把我的作文本丢在桌上，“玩小聪明！你写了几篇好作文，就以为能飞了对吧？你就写小说了是吧？你爸爸在外面辛辛苦苦，你倒好！你把他活埋了！”

“哈哈哈——”大家笑了起来。他们明白了，“我的爸爸”被活埋，只是一篇瞎写的作文。他们笑得很开心，也很夸张。刘锦辉和郭敏珍也在笑。刘锦辉拉着我的手，郭敏珍对我做着鬼脸。大家为我爸爸还活着高兴，也是要报复我，我让他们虚惊一场。

我委屈得想哭。我本来是要写“我没有爸

爸”的，后来改变了主意。我的目的就是要乱写一通，让刘锦辉的作文成为最好的。

我这样做，还有一个想法。刘锦辉的作文被当范文读了，他的爸爸就会认为他的成绩好了。他的爸爸如果看到他的作文，一定会感动的。他爸爸被他感动了，也许就不会让他退学了。

看起来我的努力是白费了。范文那一摞，已经没有作文本了。我很失望和伤心。我好像看到刘锦辉不上学了，在汽车站帮人家背东西，过不多久也成了驼子。

方老师说完了，从备课本下面拿出一本作文。我忽然感觉到，离下课还有不少时间，我的作文不是最后一篇。我心里有了期待。

方老师晃晃作文本说：“这里还有一篇作文，大家听听。”他又对我说：“小水，你更要好好听听！”

“噢。”刘锦辉看看我，帮我答应着。

大家乱看，猜是哪个的作文。我心里有数，一定是刘锦辉的。

刘锦辉站起来了。

“你——”方老师笑着问。

刘锦辉红着脸。我知道，他看到我一人罚站，想陪着我。他是我的好朋友，从来不让我一个人委屈。去年冬天，我们去别的村看露天电影，我的鞋挤掉一只，他也脱掉一只鞋和我走在雪地里。

方老师看看我们，没说什么，翻开作文本——

我的爸爸是一个驼子。

我们马上反应过来，这是刘锦辉的作文。

爸爸的驼背像一张桌子，能把我放上去。爸爸本来是不驼的。他很高，腿很长，腰也很直，我听小水的妈妈说，直得像门板，像一棵树。有一次，他从建筑工地上倒着栽下来。命保住了，腰断了……

大家转过眼睛看刘锦辉。我也看着刘锦辉。刘锦辉一阵惊慌，紧紧抓住我的胳膊。

爸爸的腰再也直不起来了。他不能仰面躺在床上，只能侧着。能侧也好啊，但一靠到床上就疼，翻过来翻过去。爸爸的腰本来就坏的，为了能扛到东西，背上要比其他人多压东西。他从来没有当我的面喊过疼。半夜里，我迷迷糊糊能听到他忍不住哼。但他只敢哼一声，就忍住了，他怕把我吵醒……

方老师读到这里，突然哭了起来，我们跟着哭。

驼背的爸爸弓着腰，走路向前一冲一冲。我好担心啊，爸爸哪天向前一冲，就倒下了，再也爬不起来。

你们没有了爸爸还有妈妈，而我没有了爸爸，就什么也没有了。

教室里“呜呜呜”的声音连成一片，就像水漫过来，把我们围困住。

刘锦辉坍塌下去，把头埋到桌肚子里，只露出一个凸起的背。他在发抖，凳子和课桌跟着抖动。我听到了桌子下面发出一个细小的声音，这声音好像是从牙缝、嘴角挤出来的。“嘤嘤”的声音像一根针引着一根细线，从我们的心里穿过。

大　　鱼

一

暴雨下了三天三夜。

桐村屋前和屋后的河在村东边汇合，通过一个水闸，与西来街西边的河相连。西来街西边的河向南流，在西来中学那里连着向东去的永济港。我们这里，“港”是河与长江之间的大河。永济港通着几里外的长江。

三天暴雨，河水猛涨，来不及排出去，长江水又倒灌进来。大水漫上岸，连成一片。田里的稻子沉到水里，村子像停在海里的船。

一个星期过后，大水才完全退去。游上岸的鱼被篱笆拦住，找不到退路。游进稻田里的鱼，慢慢就露出背鳍。它们被一条条捡起、捉住，放到锅里、端到桌上，或者在集市上卖。

暴雨过后是晴天。大水浸泡过的土地、树木、竹林还有庄稼，被太阳烧烤着。潮湿、烫热的暑气快速上升。

二

中午，我端着饭碗走出后门，来到屋后的河边。

屋后背阳，又有大片的竹林，河边还有柳树、槐树，比屋前清凉。风一缕一缕贴着皮肤吹过去。

“啪！”我踩到一块瓦片。

“哗——”我听到水里发出一个声音。这个声音在水里绕了一个圈子，像是一个漩涡。

我随意抬起头，看到十几米远的水面有一个漩涡。水在滚涌，就像一个人或者一条鱼忽然调转方向，然后钻进水里。水波向四周荡开，菱盘随波起伏。

那里是整条河最宽的地方。河的北岸是直

的，南岸向南挖进一大块，形成一个半圆形的大水潭。

不是大鱼，就是人。

我想应该是人。如果是鱼，那就是一条很大的鱼，否则搞不出那么大的漩涡，但屋后的河里从来不养鱼，也从来没有见过大鱼。

我们这里，屋前的河养鱼，鱼用渔网分段拉捕，淤泥用罱泥船挖。屋后的河不养鱼，每隔两三年见底一次。见底的时间一般在腊月二十四。过了正月，天气转暖，冰化雪消，村里的人会下到河底，把淤泥一担一担挑到岸上。淤泥散堆在麦田里，等风干的时候撒开，成为肥料。

一定是什么人在游泳，或者是过河。经常有人不愿意在太阳下绕路，脱掉裤子举在手上，下河游到对岸，再穿上裤子赶路。

我刚猜是人，又觉得不对。

屋后的河，平时很少见到阳光，岸南边又是竹林和树。大水潭那里阴森森的，像有怪物藏在里面。平时没人敢下水，甚至不敢多看一眼。就连河里的菱角，也没有人敢采。怎么会有人在那里游泳呢？即使有人游泳，也得从水里冒出来啊。

如果不是人，那会是什么呢？

我再看看大水潭。水面平静，像什么也没有

发生过。

我想，我可能是看错了。即使我这么想，那个漩涡还是在我脑子里滚涌。

下午放学回来，我又来到屋后。屋后黑得早，大水潭那里已经昏暗了。

三

第二天中午，太阳当头。知了躲在树上拼命喊叫。

我端着饭碗，蹲在屋后的河边。

屋后的河，每隔七八十米就有一条土坝，土坝下一般埋着三个水泥涵洞。土坝过人，涵洞过水。我家屋后原来也有一条土坝，平时很少有人走，渐渐塌进水里。从岸上能看到隐在水里的土埂，还有裸露的涵洞。

河里铺散着一个个青绿的菱盘，有几只蜻蜓在上面飞。大水潭那里很安静，像一幅画。

一只虫子飞过来，好像要在我头上降落。我急忙挥手，忘记手上有碗。

“啪！”碗掉在地上。

“哗——”我又听到了昨天中午的声音。

大水潭那里，水在滚涌，菱盘跟着水波晃动。

过了一会儿，那里平静了。

这一次我真的听到了水声，看到了漩涡。

不可能是人，也不可能是大鱼，那会是什么呢？

四

中午一放学，我就奔回家，打开后门，钻进竹林。我轻手轻脚靠近大水潭，站在一棵柳树后面。我非常害怕，不敢看，但心里又有抵抗不住的渴望。

菱盘和菱盘之间的水是青绿的，有几条很小的鱼游着。

我的眼睛慢慢向河中心抬起。我突然愣住了。在河中心菱盘的一个空当里，有一块黑色的影子。

我吓得浑身哆嗦，抱着头蹲在地上。过了好一会儿，我才一点点睁开眼皮。

菱盘和菱盘之间的几个空当，都有黑色的影子。黑影被菱盘的空当分成了几段。东边一个菱盘的边上，水一晃一晃。紧贴着水面，有一个碗一样大的嘴一张一合。

那是一条大鱼的嘴巴！

又过了一会儿，鱼向东慢慢游了几下。黑影从菱盘间的几个空当穿过。它的尾巴出现了，尾巴像一把纸扇微微摇着。

从头到尾，有一根半扁担长！

一条很大的鱼啊！

我从来没见过这么大的鱼！

这是一条大青鱼。

爸爸在兴化做老师。每年暑假，我会和妈妈坐汽车，再换船，到爸爸那里去。那里有好大的河，有好大的湖，水里有好多大鱼，最大的鱼就是青鱼。但我见到的最大的青鱼，也没有面前这一条大。每年的年三十，爸爸都会扛着一条大青鱼回来过年。他肩上的那条大青鱼，报纸只能包住身子，头尾都露着。那条鱼腌起来，挂在屋檐下，够我和妈妈吃一个春天。但那条大鱼，还不到我面前这条的一半长。

屋后的河里，竟然藏着一条这么大的鱼！

这条大鱼是从哪里来的呢？

我想，这条大鱼原来生活在很大的河里或者湖里。前几天暴雨，河水猛涨，它随着大水游过来。大水退了，它被困在这里，但它没有慌乱，选了大水潭这个地方藏了起来。大水潭是这段河最隐蔽的地方，又接近河东的水闸。一有机会，它就会以最快的速度逃走。

我抬头看看河对岸。

阳光刺眼，天空万里无云。金黄的稻田向北铺展，连到天边。稻田的东边，能看见西来街。稻田的西边，站着一大片玉米地。

忽然，我看到玉米地里闪出一个人。

五

从玉米地闪出的人是老鬼。

老鬼住在我家西边，但他家不在村子里，在屋后这条河的北岸。玉米地西边，有三间低矮的草房子，那就是他的家。三间草房子里，好像住着六七个人，除他之外都生病，全家就靠他。他上午在家睡觉，下午下地干活。天快黑了，他背着一张渔网，拎着一个布袋出门。布袋里是用香料拌的高粱，走一路香一路。

老鬼去很远的地方，把高粱撒到水里做“鱼窝子”。

我们这里，屋后的河里不养鱼，但有水就有鱼虾。长时间没有见底，河里会有筷子长的鱼。还有一些“野塘”，如果水面大，又长时间不见底，也会有擀面杖一样长的鱼。

在屋后的河、野塘打鱼，要靠本事，还要靠运气。运气不好，十网九空，甚至十网十空。打到鱼了，还要赶到集市上卖掉，才能换到钱。鱼卖不掉，就会烂掉，等于白费力气。家里越穷，越是不吃鱼。因为烧鱼要放油盐等作料，费钱；吃鱼，饭量会比平时大，费粮食。

打鱼的人，要能吃苦，要能熬夜，还要熟悉方圆几十里的河流。

老鬼每天晚上出去，第二天早上回来睡觉。没有人知道他有没有打到鱼，但他一身鱼腥气，又好像在告诉大家，他打到不少鱼。大家都说，他是抓鱼的鬼。

即使打到鱼，老鬼家也是越来越穷。

六

老鬼闪出玉米地，很快就走到河边。

我一慌，压倒了一根竹子。

“啪！”竹子断了。

“哗——”大鱼摆了一下身体，弯成一个弧，隐到水下。水里有了一个漩涡。一会儿工夫，水面就平静了。

老鬼走近了。

我来不及跑，蹲着躲在柳树后面。

老鬼从西边走来，头偏向河里，细眯着眼睛。他的目光像撒开的网，又像射出去的鱼叉。他走到东边，又转过身走回来，在我的对面放慢了脚步。他直直地盯着大水潭，目光像两只手，要扒开水里的菱盘。

七

大鱼只在中午的时候浮出水面。

中午，我来到大水潭边。我看到大鱼了。大鱼隐在水里，青黑的影子被菱盘的空当分成几截。碗口大的嘴，不急不慢地一张一合。这一次，我看到了大鱼比玻璃球还大的眼睛。眼睛圆圆的、鼓鼓的，愣愣地看着水面上的天。

我站起身，无意中抬起头，又看到老鬼闪出玉米地。我找不到瓦片，双手猛地击掌："啪！"

"哗——"大鱼的身子一摆，沉到水里。

老鬼到了。这一次，他走得更慢，像什么东西掉河里了。他在我的对面站了很长时间，眼睛像电筒，要照亮水面的树荫。他等了一会儿，慢慢向东走，边走边回头。走着走着，他转过身，回到我对面。他看看四周没有人，张开两只手，猛地一拍：

“啪！”

我吓了一跳，紧张地看着水面。

河里很平静。

老鬼看了一会儿，不甘心地走了。

我松了一口气。

好险！如果不是我前天无意中踩到瓦片，如果是老鬼先发现了大鱼，那大鱼就有麻烦了！

八

大鱼不知道自己暴露了，否则就不会再浮到水面，而是躲到其他地方去。

屋后这条河，向东连接着西来街西边的河。大鱼向东走不掉，那里有水闸，平时关着。

这条河向西就远了。河上虽然有许多土坝，但土坝下有过水的涵洞。大鱼可以一直向西游。大家即使知道它在河里，只要不知道它的确切位置，就不可能抓到它。

老鬼一定没有发现大鱼，否则就不会在河对岸转来转去。他一直和鱼打交道，比我们的鼻子灵。他的神态告诉我，他在河边得到了一些信息，河里可能有一条大鱼。但他不敢确定，因为这条河里不应该有大鱼，也从来没有见过比筷子长的鱼。

当然，老鬼没有发现我。

“嘿嘿嘿……”我忍不住笑了。

九

星期天不上学，我吃过早饭就蹲到河边。

整个上午，大水潭那里只有菱盘和水。十一点钟左右，大鱼从水里慢慢浮上来。菱盘之间的空当，有了青黑的影子，像一棵树横在水下。它有时候也会偏过身子，大嘴对着我一张一合。它的眼睛圆圆的、鼓鼓的，愣愣地看着水面上的天。它是把天当成更大的水了，大水是从天上来的。要等到下一场大水，还需要很长的时间，但它不慌不忙。它长这么大，一定遇到过很多危险，一次次死里逃生，有经验。

大鱼一定不会知道，它现在遇到了一生中最大的危险——它无意中被我暗地里发现了。

如果我是老鬼，大鱼就完了。

老鬼天天来，万一哪一天大鱼被他发现呢？

我决定要帮助这条大鱼，不能让它被老鬼抓走。

老鬼每天中午出现在河对岸。

看到老鬼闪出玉米地，我就踩碎一块瓦片：

“啪！”大鱼扭动身子，卷起一个漩涡，沉入水里。

老鬼的步子越来越慢。有时候，他会像一只猫蹲在河边，一动不动。实在等不到什么，他才一步一回头地走开。

十

秋天到了，菱盘每天都在减少。秋天雨水少，河水也浅了。对大鱼来说，这些都是坏消息。但大鱼还是每天中午浮出来，只是在水里埋得深一点，而且更加靠近河这边的树荫。

进入秋天，老鬼都是抓着鱼叉在河对岸走。他的鱼叉很特别，柄只有筷子长。柄的一头有三根钢刺，刺上都有倒钩。柄的另一头拴着细麻绳。鱼叉飞出去，如果射中鱼，鱼是逃不掉的，会被细麻绳拉上岸。

老鬼抓着鱼叉出门，说明他越来越相信河里有大鱼。但他不再是站在大水潭的对面，而是走到东走到西，又说明他越来越不能确定大鱼的位置。

我每天都担心大鱼会被老鬼发现。老鬼发现了，手一抖，鱼叉就会射出去。即使没有射准，把哪一条土坝下的涵洞堵上，它就跑不掉。

河里的菱盘越来越稀，菱盘和菱盘之间的空当越来越大。

中午，我又来到竹林里的柳树下。我没有看到大鱼。河水发白，散发着寒气。

老鬼从草房子里出来了。我赶紧踩碎一片瓦：“啪！”

大水潭那里没有声音，也没有漩涡。

从这一天开始，我再也没有看见大鱼。

我担心大鱼在我上课的时候浮上来，被老鬼或者其他人发现。我还担心大鱼被老鬼偷偷抓走。每天中午，我还是到那棵柳树下。我不是在等大鱼，我是在等老鬼。看到老鬼在河边走，就知道大鱼没事。

十一

西北风起了，天冷了。一天中午，我看到河面结了一层冰。冰很薄，像一张纸。我高兴起来。只要结冰，河面像盖了盖子，大鱼就不会浮上来，老鬼的眼睛再毒也没有用。

第二天早晨，冰铺满了河面。

中午，我没看到老鬼出来。我站在河岸上向西看。玉米秸秆拔了，地里种了小麦，一眼能看到老鬼家。他家低矮的草房，像一个草堆。老鬼把家里生病的人都弄出来。一排人背靠草房子，坐在板凳上晒太阳。他端给每人一个大碗。他们左一喝、右一喝，一会儿就底朝天，大碗像扣在脸上一样。

每天中午，我都要到屋后，看看东西走向的冰河。冰河被两岸夹着，平坦而光滑。寒风顺着河道，一路呼啸。过一个晚上，冰又会结厚一层。扔一块砖头，只能在冰面上砸出一个白点。再后来，冰上可以走人了。

冰层下面有一条大鱼。

大鱼是只有我知道的秘密。我保住了这个秘密，就保住了大鱼的命。这让我觉得我非常重要，热血直直地向头上涌。我兴奋地拍着屁股下的冰面，坚固的冰把大鱼盖得严严实实。

我的心在喉咙口悬了四个月，终于放下了。

十二

腊月二十下午，我在街上遇到老鬼。他在借抽水机。

“见底。”老鬼说。每年屋后的河见底，都是他负责。

我突然很紧张。见底可能是巧合，因为到见底的时间了，但如果是老鬼专门提出来的呢？他一直怀疑河里有大鱼，所以要借见底的机会，把大鱼捉上来，至少要弄清楚到底有没有大鱼。他每天在河岸上走，既是要找大鱼，也是怕大鱼被别人发现吧？冬天到了，河里结冰了，他找不到大鱼，也不怕别人发现大鱼，但他还有最后一招，让河见底。

如果河见底，一只小虾都跑不掉，这么一条大鱼怎么办？我好像看到，大家欢呼着把一条大鱼搬到岸上。鱼再大，大家也不会感到吃力。大鱼躺在地上，张着嘴喘气，圆圆的眼睛瞪着天空。

可怜的大鱼！

十三

天阴沉沉的，好像要下雪。

我看着冰河，真想在冰上敲出一个洞，然后钻进去，把这个消息告诉它。但是，我告诉它，又能怎么样呢？

就在这个时候，一个念头钻进我的脑子：我可以抓这条大鱼吗？

啊？

四个多月来，我的心思都在那条大鱼身上。天一亮，我就开始担心，晚上我才放心，但是，刚放心天又亮了。我一直担心大鱼被老鬼抓走，从来没有想到自己抓它，就像我家的东西放在门口，整天想着它不被人偷走，却没想到自己把东西搬回家。

这条大鱼是我发现的，我也可以抓！我抓上来，就是我的！

每年的年三十，爸爸都会扛着一条大青鱼回来，挂在屋檐下。今年，我要在屋檐下先挂一条大鱼，这条鱼比爸爸扛回来的大，大鱼的尾巴快要拖到地上了。

我激动得翻了几个跟头。

十四

腊月二十一下午，老鬼带两个人，在他家西边的一条土坝上，堆了一排装满土的草包，又安装好两台抽水机。

那条土坝是过河的通道，也是桐村八组与九组的分界。土坝下面有三个水泥涵洞。他们放下三块水泥预制板，把涵洞堵上。

两台抽水机，把水向西抽了两天两夜。

十五

早上，窗口蒙蒙亮，我就掀开被子爬起来。我悄悄打开后门，弓着腰走到河边。我蹲下来，目光几乎是贴着河面向东，盯着大水潭那里。那里黑黑的。

我觉得老鬼就躲在那块黑暗里。

早晨的寒光中，河面的冰看上去和平时没有二样。但是，冰层下面就要发生巨变。冰下的水位越来越低，冰层被两岸架着，冰和水之间的空越来越大，冰面随时会塌陷。

我裹紧棉衣蹲在河边，就像一只猫守着一条河。

“嘎啦——嘣！”

几声脆响，河面的冰垮塌了好几块，就像道路上突然有了许多大坑。

我紧盯的那块黑暗里，忽然钻出一个黑影，站到对面的岸上。

老鬼果然躲在那里。

十六

冰块像玻璃一样碎了，横七竖八地在河底堆积。

大水潭比其他地方深。河见底了，那里还有一个水塘。鱼聚在这里，惊慌失措，噼里啪啦跳着。

我很放心，那里没有我见到的大鱼。

好多人欢呼着，光着腿冲进水塘，把一条条鱼抓进箩筐。那里很快就成了一塘稀泥。

“啊呀！一条大的！”有人高喊。

我“腾”地跳起来，伸长脖子看着河底。如果这个时候大鱼被发现，就是大家的了。

大家就大家的吧，我也会分到一份的。

几个人抢着向一个方向冲。离他们不远的地方，一条鱼的尾巴急速地摆动，啪啪啪啪激起一簇簇泥水。他们用不上力，像一只只蛤蟆陷在淤泥里。

那条鱼眼看就要钻进冰块下。“嗖——”一个黑点像箭一样射出去，落在那条鱼的背上。那条鱼跳了起来，然后就在原地挣扎。紧接着，那条鱼就被一根线收到岸边。

老鬼射出的鱼叉！

“乖乖！老鬼这一手厉害！”

“算是开眼了！”

“……”

岸上一片喝彩。

这是一条两根筷子长的乌鱼。

大家受到鼓舞，又有人冲下去，和河底的人一起四处乱踩。有人踩到了河蚌，有人踩到了螃蟹，还有一个人踩到了一只甲鱼。

天快黑了。家家户户都分到了鱼。大家高高兴兴，都散了。

十七

第二天早上，河底的淤泥结了一层冰。不少人又下到河底，踩破淤泥上的冰碴，掀开大大小小的冰块，寻找鱼虾。这个时候找到的鱼虾，就是自己的了。大家找得格外认真、细心，但只找到几条冻僵的小毛鱼。

下午，老鬼沿着河岸走了两个来回。他走得很随便，一点不抱希望的样子。他也许已经相信，鱼的信息指的就是那条乌鱼。在屋后的河里，两根筷子长的鱼就算是很大的了。

我蹲在屋后的土坝上，看着空旷、无声的河。河底乱七八糟，冰上都是污泥，就像电影里打完仗的战壕。

那条大鱼到哪里去了？

大鱼还在河里。它感觉到水小下去的时候，已经逃不掉了。向东，那里有关闭的水闸。向西，老鬼家西边的土坝用水泥预制板堵死了。它一定是感觉到了危险，躲到淤泥里去了。大家在河底乱踩，没有碰到它，是因为它躲得很深。

一条大鱼，能在淤泥里憋多少时间？

我下到河底，试着搬一下冰块。冰块冻在一起，纹丝不动。

天越来越冷，河底已经结冰。冰越结越厚，把河底封死。过了正月，天转暖了，河底解冻，村里的人会把淤泥一担一担挑到岸上。到那时候，大鱼肯定被闷死了，可能永远被埋在河底。它即使被挖出来，也是一副大鱼的骨架。

大鱼就这样没了。

我垂头丧气。早知道这样，我就把大鱼的消息告诉老鬼了，让他把大鱼抓上来，我和他分了。哪怕多分一点给他也没有关系，他家穷。或者，我把大鱼的消息告诉大家。抓住大鱼，全村的人都有份。多好啊！

现在什么也没有了。

十八

下大雪了。雪花被西北风刮着，一片一片地斜射下来，很快就在地上铺了一层。竹林、树还有房子、草堆，顶着雪站着。

这场雪不会小，村里的鸡鸭狗前两天就开始慌慌张张。它们对天气变化的反应，总是比我们灵敏。

只要一个晚上，这场大雪会灌满河道，再结成冰，河底会被封得更加严实。淤泥下的大鱼，更不可能有活下来的机会了。

我面前的土坝下，有一块雪动了一下。我以为看花了眼睛，眨了眨，再盯着那里。那里又动了，张开一个碗口大的洞，然后合起来，过一会儿又张开。

我盯着这个碗口大的洞，脑子里一片空白。突然，我赶紧趴下，把头凑到那里。那里又张开了，雪落进洞里，再合上。

大鱼的嘴巴？

真是大鱼的嘴巴！

土坝埋着三个水泥涵洞。每个涵洞前，都竖着两根木桩。如果要堵死涵洞，就把水泥预制板插进木桩和涵洞之间。

我居然在这里发现了大鱼！

十九

大鱼知道，它遇到了从来没遇到过的危险。这个危险太大了，搞不好会送命。它离开了大水潭，选择了土坝。它贴着木桩内侧，直上直下地“站”着。它只露出头，嘴巴向上。头的颜色接近木桩，很难被人发现。向上的嘴巴，随时方便接雨雪……

大鱼的选择是正确的。如果它还在大水潭那里，早就被发现了。哪个也不会想到，它在最浅的土坝上躲了起来。

这条大鱼太聪明了！

我的眼泪禁不住流了出来。

这条大鱼不知道，它一直有一个最大的危险，就是被我看见了。这个危险像一张牢固的网，现在把它罩住了，它没有地方逃，也逃不掉。我只要抓住它的腮，就能把它拔出来。它最多只能在雪地里跳几下。

雪越下越大。

我的手碰着大鱼的嘴，把手指伸进它的嘴

里。它按它的节奏，嘴巴张开或者闭上。它知道我在它面前吗？它的嘴巴闭起来的时候，含着我的手指，然后再张开，让雪片落进它的嘴里。

大鱼应该不知道我。

但大鱼要是知道我呢？村里那么多人，为什么只有我看见了它，而且不停地看见它？

二十

我立刻站起身，回家扛了一把铁锹，从土坝上爬到河对岸，一直向西。

西北风卷着雪扑向我。我弓着腰、眯着眼睛向西快走。路过老鬼家，我没看见灯火。他家的草房子上堆满了雪，好像等不到明天，就会塌倒。

我走到桐村八组和九组交界的土坝上。两台抽水机长长的抽水管伸向东边的河里，出水管向西，像两门哑火的大炮。涵洞没有堵死，土坝东边有一些水流出来。

我搬开两个草包，露出土坝，开始挖土。土坝非常结实，一锹下去，“咣”的一声弹起来，震得我虎口麻痛。才挖几锹，就出了一身汗。雪片在我的头上、脸上很快融化，变成水，流进我的脖子。

我伏在铁锹柄上，绝望地看着面前这条土坝。

天黑了。雪越来越大，满耳朵都是雪落在地上的“簌簌”声。然后就是土坝东边的流水声：“哗啦啦……”

水声提醒了我。

我把铁锹伸进水里，插进水泥预制板和涵洞之间的空隙，用力向外撬。预制板被木桩固定着，根本撬不动。我用铁锹顶着预制板，向旁边推。

预制板一点点移动。水挤进去，身后的水声越来越大。预制板被我推翻了，土坝中间的涵洞通了。坝西的水吼叫着从坝东冲出来。

我用同样的方法，推开另外两块水泥预制板。

“哗——”土坝东边，涌出三股大水。

我赶紧跑到岸边。

水流越来越急。

“轰！”水把中间的涵洞冲出土坝，又把土坝冲出一个缺口。

雪到第二天中午才停。

竹林、树、房屋改变了面貌，藏在厚厚的白雪下。

土坝两边的水平了。满满一河水开始结冰。

两台抽水机都翻沉到河里，一台看不见，一台只露出一截排水管。

屋后的河，没有再见底。

尾声

夏天又到了。

连续三天暴雨。水排不出去，江水倒灌。大水再一次淹没了道路和庄稼。

水开始退的时候，老鬼搞来一张大网，张在河东的水闸那里。大网张开不久，就破了一个大洞。

“我看到了，它穿过去的时候跳了起来。”一个人惊恐地说，“一条大青鱼，快有两根扁担长了。”

“从来没见过那么大的鱼。”另一个人兴奋地说。

老鬼一手拿着鱼叉，一手绕着鱼叉上的细麻绳，一句话也不说。

除夕的马

一

我们这里不曾有过马。

我知道我们将要拥有一匹马的时候，是在除夕的早晨。寒假里总是冰天雪地，所以我们总要睡到太阳光钻进窗子，从地上爬到床上，但这一天我总是起得很早，就是因为今天是除夕。每年到除夕，我都有许多事情要做，买酱油，买醋，买对联，买火柴，买盐……都是大人做漏下来的事情，都是大人想去做，又觉得不值得专门跑一趟的事情，也都是要花钱的事情。我乐意做它们，也就是因为要花钱。平时，我没有机会花这么多的钱，现在我把钱往柜台上一拍："打九两酱油！"或者说："那个，九毛钱的对联。"我现在花钱花得很气派，很过瘾，而且，钱花过之后，我还有剩余。为什么只打九两酱油？那一两的钱被我私吞了；为什么只买九毛钱的对联？那一毛钱被我侵占了。一斤酱油和九两酱油没有多少差别，实在不行，我加一点水进去就是了；九毛钱的对联也就比一块钱的对联窄一点点，大人根本看不出来。积少成多，我的零花钱就是这样多起来的。我可以买一本硬封皮的练习簿，可以买一块带香味的橡皮，甚至可以买一本连环画。

"啊呀！"妈妈说，"小水，你去买一毛钱红纸吧。"

我不相信自己的耳朵："买——什么？"

"一毛钱红纸。"妈妈说。

我有些失望，支支吾吾："买……红纸……干什么？"

"你爸爸下午就回来了，要包压岁钱啊。"妈妈说。她在洗衣服，手指从水里拿出来，像一根根红萝卜。她用小臂捋了捋垂下的一绺头发，笑着说："小水不要压岁钱就算了。"

"我要！"我大叫一声跳了起来。失望就像肥皂泡在风中碎裂了，我接过一毛钱就向杂货店里跑。我不能只做大买卖，一毛钱虽然少，但和一块钱一样也是花。我可以只买九分钱的红纸，扣下一分钱买一颗水果糖。而且，我要买的是红纸啊，红纸将用来包给我的压岁钱。

二

从村里到镇上有一段路。这段路穿过几块麦田，经过一条河上的一座小木桥，越过一条石子公路。小路弯弯曲曲，就像蛇一样游进了镇子。

镇子和河、公路平行，从北到南分成六街，商店集中在二街。二街那里各向东西扩展了一段，形成了一个小小的“十”字，十字路口就是小镇的中心。我们说“上街去”，说的就是到十字街。十字街西接公路，于是那里有一个汽车站；十字街东接养猪场，因此，那里有一个生猪收购站和屠宰场。我们常常到汽车站去追汽车，闻那怪怪的汽油味，再一路打打闹闹，去东边看杀猪的把一头猪变成一盆血、一个猪头、一挂内脏和两片肉。

太阳爬到小镇的头上，站在杂树林的枝丫间。因为有些薄薄的雾，太阳光不厉害，巨大、暗红，像一个被腌过的鸭蛋黄。这时候已经不早了，但因为是除夕，天还是显得早了些。大家把要做的基本上都做完了，白捡一个早觉睡，攒足了精力好在晚上守岁。路上除了我之外，没有其他人。路两边的田野里，是低低的麦苗，它们被霜打了，软软地伏在地上，一副冻手冻脚的模样。它们的颜色有些黄，但只要天一暖和，就会返青，憋足了劲向上长。

村子离我渐渐地远了，我看到村子其实就是一溜高高低低的房屋，房屋的前后都有掉光了叶子的树。有些树枝上，堆着一团黑色的东西，那是鸟窝。

镇子离我渐渐地近了，我看到镇子其实也就是一溜房屋，只是整齐一些，那些树也高了许多。镇子就像有无穷无尽的魔力，让村子里的人一次又一次地来。可镇子的魔力再大，也大不过村子，大家不管在镇上玩多久，总还是要回鸟窝下面的家。

我上窄窄的小桥了。小木桥横在河上，河里没有了浮萍和水草，干干净净的，只有狭长的天。我倒映在水中，好像是倒着走。我不怕过小桥，却故意扭着身子，作出摇摇摆摆的样子，似乎马上就会掉到河里去。当我发现实在不能平衡自己，立即吓出一身冷汗，惊叫着，拔腿就向对岸狂奔，终于在失足之前到达岸边。在确认没有危险的时候，我又被自己吓得哈哈大笑，然后赶紧看看四周，唯恐刚才的样子被人看见。我没有看到别的什么人，在村子和镇子之间，只有一个拿了一毛钱的我。这时候我就想，我要是能有一匹马就好了，枣红的，或者雪白的，哪怕是黑色的也行。我往马上一跨，快得能飞起来。这么一想，我顺手就捡起路上的半根芦苇夹到裆间，然后说了一声“嘚儿——驾”，颠颠地跑了起来。我一勒马头冲上了公路，再一压马头向下冲。我在向下冲的时候猛地一愣，脚下忘记了迈动，惯性却还是向前，于是一个前趴，滚到路边的干沟里。我没等滚完就挣扎着爬了起来，呆呆地看着眼前。

我看到，沟里站着一匹马。

三

这是一匹红马，除了眼睛、鼻子、嘴巴和四只蹄子之外，浑身只有火一样的红，没有一丝其他颜色。它的鬃毛和尾巴向后飘飞，像火被一阵风吹着。它的劲全靠腰发出，前蹄有力地跨越着，后蹄使劲向后蹬，好像奔跑了一百年了，又似乎刚刚开始上路，四蹄踏出了风声。它的头微微侧着，使得有一只眼睛能看着正前方，另一只眼睛正好看着我，就像在奔跑中喊我骑上去。它的鼻孔张得很大，好像正在喷粗气……

我以为我看花了眼，闭上眼睛，再猛一睁开。刚才一匹马已经走了，我眼前又是一匹火红的马。再闭上，这匹马走了，又来了一匹。就在我的眼睛睁闭之间，一匹匹火红的马飞驰而过。我快活极了，接连不断地把眼睛睁开又闭上，让马一匹一匹地走，再让马一匹一匹地来。

“马——”不知什么时候，我猛然明白过来，惊叫着，一下子跳到马的身边。

我看清了，这是一匹火红的木马。它静止在飞奔的动作上，稳稳地站在一块半弧形的木板上。我碰了它一下，它一前一后地动了起来，那样子和奔驰没有二样。这里怎么会有一匹马呢？这里在冬天是干沟，春夏秋三季都是满满的水，水里会有许多鲫鱼、泥鳅、螃蟹，碰巧了还会有老鳖。那时候就是我们的日子，我们吆五喝六地下水，把摸到的鲫鱼、泥鳅扔到岸上，把摸到的螃蟹用草捆住爪子，把摸到的老鳖压在石块下。现在没有鲫鱼、泥鳅、螃蟹和老鳖，却有一匹火红的马。我爬到岸上，看到太阳爬到杂树林上面了，好像用了不少的劲，脸没有刚才红了，也瘦了许多；薄雾不再连成一片，而是一缕一缕的，在田野里慢慢游动，像找不到回家的路了；公路从很远的地方来，又向很远的地方去，说走就走，一声不响……

四周没有其他人，那么，这匹马就不会是任何人的，这匹马就是属于我的。可是我一个人没办法把它拉回去，于是我没命地往回跑，到村里去喊人。我边跑边喊："马——"我在小木桥边遇到村西的小林，脚下不停，手向后一指说："马！"

"小水，你妈怎么啦？"小林慌忙问。他也跟我学，趁除夕帮家里买东西，想办法抠下一点钱。现在，他要去镇上打酱油。

"马——"我不管小林，只管跑。

小林愣了一会儿，转身跟在我身后，边跑边喊："妈——"他到村口的时候，我已经把我妈拖了出来："马——"

"小水，你疯啦？我不是在这儿吗？"我妈把肥皂水擦在围裙上。

我斜着身子拽着我妈："不是你，是马！"

"对、对！"小林喘着粗气说，"是、是——马！"然后他大吃一惊："小水你说什么？马、马？"

四

大家都知道我有一匹马了。他们跟在我后面，向镇上走去。越走，跟在后面的人越多。我的好朋友们紧跟着我，大人在我们的后面。有几个好朋友快步走到我前面，这样一来，他们有机会回头看着我的表情问我话：

“马？小水，什么马？”

小林说：“就是马。小水，你说对不对？”

“小水，怎么会有马的呢？”他们问。

小林说：“就是有马。小水，你说对不对？”

我跑得嗓子眼里冒烟，说不出话来了，只好大步向前走。等有了一点力气，我就跑起来。走到公路上，我一眼就看见我的马站在干沟里。“你们看——马！”我飞扑过去，抱住马脖子就翻上了马背。马随即就一前一后地动起来。

我们这里不曾有过马。一旦有了马，我们就把什么都忘记了，就像在肚子饿瘪的时候，只要有吃的，我们就会把最好玩的游戏忘记。我们一个接一个地骑上去，孩子后面是大人。一会儿，马下面的弧形木板就陷到泥里，动起来就不方便了，失去了飞驰的感觉。大人们一起出力，把马搬到公路上。我们又一个接一个地骑上去，孩子后面是大人。石子被我们压得咯吱咯吱响。马却没有一点疲劳，只要我们上去，它就会奔跑，速度一点不慢。只要我们愿意，它还会更快一些。我又一次骑上马背。我觉得，再高的人现在都矮了下去，本来看不出动静的镇子和村子，现在都在向前跑，就连太阳也跟在马的后面。

镇上的人也走了出来。他们从来都是很神气的，吃的比我们好，穿的比我们好，住的比我们好，我们要买东西都要到他们那里去，他们却很少到我们村里来，一心想去的是城里。他们本来是不会出来的，但实在是非出来不可了，因为有人告诉他们，小水有了一匹马。有了马还不出来，那还等有了什么才出来？他们也一个接一个地翻身上马。他们比我们胖，爬起来吃力，姿势也难看，但他们爬上去后就不一样了，眼睛向前，嘴里响亮地说："嘚儿——驾！"双腿还在马肚子上夹了夹，身子特意随着马的晃动而一耸一耸。二街的王驼子，背比头还高，平时走路很困难，可坐在马上比谁都有想法。他用力向前倾斜，马头飞似的向下，他眼看就要栽下去了，我们还没有来得及惊叫，马头却又后仰，他又向后倒去。我们的惊叫发出来，已经成了欢呼声……

太阳升高了，亮亮的，让人不敢正眼看。雾

已经没有了踪影，空气的通透度高了，能看到在阳光下的房屋，青的砖、灰的瓦、涩黄的草屋顶。一些鸡在远处啼着，一声接一声，一声不让一声。几条狗在田野里互相追逐，有时候会突然停住，愣愣地看着我们，忽然又追打起来。除夕了，该走的汽车都走了，公路很空闲，一心一意躺着晒太阳。这是在告诉我们，天快中午了，一年中剩下的事情虽然不多，可离晚上越来越近，大家的心里就有些慌，一些人脚下开始活动，还有一些人想再留一会儿，问怎么处理这匹火红的马。

“这肯定是天上掉下来的。”有人说。

“不会的！”有人说，“天上怎么会有木马？天上只有飞马。”

有人说：“你们都是说梦话。天上什么马都没有。这马是从过路的汽车上掉下来的。”

“我认识它。它是玩具马。”王驼子耸着高昂的背说。他是见多识广的人，年轻的时候在省城做过泥瓦匠，一不小心从二楼掉下来，把背摔驼了。

“玩具马也是马！”我盯着王驼子说。

王驼子连忙说：“是马，是马，我没说不是马。”

“那——现在怎么办？”我问。

有人说：“反正是年底了，人都回去过年了。

我们先把马拉回去，等明年有人找来，再给他牵走。”

“我们不给他牵走。”我说，“我们把它买下来。”

小林说：“我们买下来，我们有钱。”

“你们怎么会有钱?”王驼子拍拍口袋说，“我们才有钱。”

我举着一毛钱说：“我们有钱。”

“你那才一毛钱。”有人说。

我得意地说：“我这一毛钱是买红纸的，红纸是包守岁的钱的。”

“对！对！对!”我的伙伴们都说，“我们今天晚上都有守岁的钱。”

说到这一步，我们的心里就踏实了。我看了看我的妈妈。妈妈笑着。她的笑是在告诉我，我守岁的钱一定会比原来多一些。我们没有马，可我们能用守岁的钱买一匹马，一匹火红的马，什么人也别想把它牵走。

五

大家把马往村子里拉，镇上的人也帮忙。我妈妈买了一包“劳动”牌香烟，丢给王驼子。王驼子只能动嘴，出不了力，双手闲着，正好发烟。几个大人用绳子在前面拉，几个大人在左右扶，还有几个大人在后面推，我们几个孩子在前面捡拾石子、砖头和硬土块，防止它们阻拦木马。木马后面跟着不少镇上的人，他们没有事，吃饭又嫌早，而且早上起得迟，中午吃和不吃都一样，不如看热闹。更多的人先回村里去了，他们要给木马找一个蹲身的地方。木马一点一点向前走，弧形的木板在地上拖着，发出难听的声音。我追着声音看过去，木板的底部被磨破了，露出漆后的木质。

“哎！”我拨开扶马的人，“马破啦！”

大家慌忙停下来：“怎么办？”

“抬！”有人说。

我们开始抬马。拉马的绳子绑住弧形的木板，大人们在两边提着，马悬空着上前，仿佛是站在云头上。木马是有分量的，大人们抬得很吃力，却又不想在我们面前显得没有力气，所以不肯松手歇一歇。他们故意弄出很轻松的样子，稳步走着，这样一来就难了，于是情不自禁地喊起了号子，为自己鼓劲：

走一步啊，一块金啊。
嗬嗬！
天上一颗星！

走两步啊，两块金啊。
嗬嗬！
天上两颗星！

走三步啊，三块金啊。
嗬嗬！
天上三颗星！

……

我们不喜欢他们的号子。这样的号子能一直喊下去，最后就成了："走一万步啊，一万块金啊。嗬嗬！天上一万颗星！"我们直着脖子，拉开嗓子，和他们的作对：

春天的花，鲜艳艳，
不如妹妹一张脸。

天上的星，亮晶晶，
不如妹妹一颗心。

闯王的旗，迎风飘，
不如妹妹一个笑。

……

我有口无心地喊着，一心想憋出一个和马有关的号子。我想好了，忽然高声喊着：

守岁的钱，哗啦啦，
不如我们一匹马。

大家笑了起来，一条声地把我喊的又喊了一遍："守岁的钱，哗啦啦，不如我们一匹马。"

小林想跟我学，猛地高叫："鲢鱼头，肉馒头——"前面两句是现成的，后面要现编，他卡住了。我们大家又是笑。小林也很高兴，反正他的话也把大家引笑了。

我们就这样到了河边。一条河躺在天底下，

白亮亮地从南到北。那河水一动不动，像镜子一样反着寒光，不用试，就知道它很冷。天上有一个太阳，水里也有一个太阳，仔细看，能看到河面上有一丝丝被太阳晒出的水汽。河上的小木桥太窄了，马拖不过桥，马也提不过桥，那马只有游过河去。大家把绳子拴在马脖子上，再把马推放到水里。王驼子的身材这时候有作用了，主动要过绳子上了桥，不用低头就把马牵过了河。

鲢鱼头，肉馒头，
不如木马河里游！

小林到底找到了下句，站在桥中间大声喊，喊得脖子都粗了。

六

木马站在打谷场上。

打谷场在村前小河的南边，位于村子的中段。这是一块宽大的、平整的空地。空地后是小河和村子，村里家家户户的屋顶上，冒着炊烟。空地前面是没有遮拦的麦地，因此看上去很气派。冬天不是用打谷场的时候，什么也没有，只是在场西边有两个大稻草堆，那是给牛吃的。大草堆上有许多麻雀，平时叽叽喳喳的，飞上飞下，现在全噤了声，收紧身子看着我们，只要觉得有一点点的危险，立即会小题大做，“轰”的一声飞走。

稻草堆西边有两头牛，一头黄牛，一头黑水牛。黄牛老实巴交的，连角都不敢放开来长，只有一小段，像春天到竹林里挖出的笋。黑水牛非常威武，眼睛不用瞪就很大了，黑角长长的、弯弯的，好像是铁做的，看样子还在长。两头牛都侧躺着，竖着头，嘴不停地挪着。牛认识我们，但和我们一样，从来不曾见过马。黄牛有些慌，身子一动，准备站起身应付，可一见黑水牛没有反应，不禁有点惭愧，就没有站，只是把肌肉绷得紧紧的，随时可以跳起来。黑水牛一副什么也不在乎的神情，也许它早把火红的马和自己做了对比，知道凭自己的身子不会吃亏，何况还有黄牛帮忙。

牛是我们的好朋友。我们舍不得骑胆小力亏的黄牛。春夏秋三季，我们把它往草多、草肥的地方牵；冬天，我们会把稻草铡成一寸一寸的，堆到它面前。黑水牛就不一样了，我们三个人爬到它背上，它都不觉得吃力。我们把它牵到很远的地方，等它吃饱了才往回走，我们就轮流爬到它背上去。最有趣的是过河。我们都是能够游泳的，但我们要让黑水牛背我们。黑水牛下水了，只露出一个头，我们就好像坐在水上。我们这时候顾不上牛。我们一个接一个爬到马背上，前翻后仰地玩，就连一到冬天就不下床的老头子和老太太，也穿了棉袄，拄着拐杖来到打谷场。他们是上不去的，只能摸摸这里，摸摸那里。

“和真的一样。”李大爷说。

王大爷说：“你什么时候见过真的？”

“我见过的。那年我去省城——”李大爷说。

“你一辈子就离不开吹牛。”朱奶奶嘲笑说，“我们哪个去过省城？我们最远就到过镇上。”

“我要远一点。我是西边孤山镇人。”刘奶奶说。

朱奶奶点头承认：“对对对，你是那边嫁来的。”

真的到了中午，屋顶上的炊烟少了，或者淡了。大人们回去了，我们孩子的名字被爸爸或者妈妈叫起，那是要我们回去吃饭。被叫到一个，就走一个，都是疯了似的往回奔，回到家就只顾扒饭不吃菜，不想把时间浪费在路上和吃饭上。我们还剩在打谷场上的人，看见满不在乎的牛，不禁有些不服气，聚在一起商量了一个办法。我们借着草堆的遮挡，避开牛的眼睛，把马一点一

点推到稻草堆边。麻雀站在高地方，“轰！”全飞走了。牛本来以为马消失了，甚至还很瞧不起地看了看惊慌失措的麻雀，没料马突然到了身边，大吃一惊。但它们没有丢身份，只是把头抬高了一点，眼睛睁大了一点。我们躲在稻草堆后，粗起喉咙一起用力：“嗷——”

黑水牛的关节“咯噔”一声跳起来，接着黄牛也站起身。它们想扭头就走，鼻尖发出一阵钻心的疼，才明白是跑不掉的，绳子把它们拴在桩上。它们马上掉过头，微微偏着头，把角对准前方的怪物。

“哈哈哈哈……”我们开心极了，在稻草堆上打滚。

两头牛知道是受了我们的骗，很生气。黑水牛运足力气说：“哞——”黄牛也跟着说：“哞！”

七

冬天的太阳一偏西，就像刚出笼的馒头，过一会儿就不怎么热了。它一下一下地向西，越来越大，也越来越红。太阳光一弱，躲到土里的雾就会趁机钻出来。它们知道太阳已经不能把它怎么样了，成群结队地在田野里闲逛，不把太阳放在眼里。太阳只能干着急，一心想着快一点下山，明天早一点升起来，再找雾算账。

除夕的午饭都是凑合的，有什么吃什么，重点放在晚上。那些好菜，大人都要到傍晚的时候才烧，既是怕我们等不及中午就要吃，也是想烧好就吃，省得晚上再热一遍。鱼的香味、肉的香味，还有许多在平时根本就闻不到的香味，从村里传出来，飘在看不见的风里。如果在以前，我们这时候总是在灶前灶后转着，像小狗一样摇头摆尾，故意吸着口水，可怜兮兮的馋样子。大人实在不忍心，会顺手给一块什么尝尝。我们仔细地嚼着，想方设法找点事做做，让大人觉得我们有出息，一会儿再到大人身边绕，得到一块就容易一些。但今天有马，我们的注意力都在马上。

我们坐在稻草堆上，商量今夜马睡在什么地方。马白天可以在打谷场上，晚上肯定不行。

镇上的小铃铛说："要是不拖到你们村里就好了。"

"为什么？"小林看了看我，问。

"镇上有大会堂啊！"小铃铛手向镇上一指说，"大会堂门里有一块空地。"

"那不也是在外面吗？"小林说。

镇上的小欢说："外面是外面，可那是大会堂里的外面，有锁锁大门的。只要小铃铛他爸爸不开门，晚上哪个都进不去。”

“说到底，你们就是想把我们的马牵去。”村里的小耳朵躲在小林后面说。

镇上的孩子和村里的孩子在一起，向来是村里的听镇上的，他们从来不由我们分说。可今天不一样，小欢急忙解释：“要是这样的话，你们就不要把马给我们骑。我们是说，马如果在镇上，可以放在大会堂的大门里。”

我们不再争论，看着太阳向西走。

离地面还有两竹竿高，太阳就被似雾非雾、似云非云的东西弄模糊了，就像一个腌过的鸭蛋黄掉进了米汤。冬天的落日和其他三季不一样。夏天的太阳力量足，好像“轰隆”一声就掉了下去，溅起满天的星星。因此，太阳落山好久了，天空还是亮的。春天和秋天的太阳好像很有情有意，在落下去之前，要把许多云染成彩色的。冬天的太阳没有多少力气，没怎么落，就没有了，本来应该是亮亮的天，转眼就昏暗了。几只麻雀冒冒失失地飞过来，想在天黑之前再闹一闹，却没想到地盘被我们占了，找不到着落，只得惊慌地飞走。

太阳一走，风立即成了黑夜的，变了脸色，阴冷地窜来窜去。我们只得把敞开的衣服裹紧，把脖子往里缩。

天空中不时有鸟飞过，像一颗颗子弹射向村后的竹林。牛站起来了，等赵老四来牵它们回栏圈。它们心焦地看着赵老四平时来的方向，把两个好笑的屁股对准我们。不知是谁家的一只芦花老母鸡，慌慌张张地跑到打谷场来了。天亮的时候，鸡很聪明，很有主见，可一到傍晚就花眼。眼睛一花，它遇到一点事情都不知怎么办才好。看样子，它想暂时到稻草堆里躲一躲，一溜小跑过来了。突然见到我们，它吓得赶紧掉转头去，缩着身子，伸长脖子，尖着脑袋向远处逃。它在逃跑的时候不顾方向，冲到河边。它收不住脚了，急忙张开翅膀，竟然在“咕咕咕咕”声中飞过了河，让我们看傻了眼，连牛都看得忘记了摇尾巴。

“小锁——”

“小铃铛——”

“小耳朵——”

“小狗子——”

“……”

我们的名字又被大人喊在嘴里。以前，我们都在扫地，在贴门联，或者在趁天没黑把炮仗的引线找出来，也可能在桌上摆碗和筷子，现在，我们都在打谷场上。我忽然想到我的爸爸。他在外地做老师，每年都要在今天，在太阳偏西的时候回来。他每年回来两次，一次是暑假，一次是寒假。他回来过年，都要拎一条大青鱼，要提一袋奶糖，还要带一个新书包、一个新铅笔盒和几本小人书。就在这时，我看到爸爸了。虽然天不是很亮了，可我一眼就看出来是他。他不像村里的人走路急急匆匆，而是一步一步，一点不乱。

八

我们一起扑向我爸爸。爸爸的口袋里一定和以前一样，有许多糖。爸爸先把我抱了起来。他抱我的时候，比以前多用了一些力气，因为我又长了。我刚想把手伸进爸爸的口袋，却看见他身后还有一个叔叔。那叔叔已经在发糖了，一人一颗。

“他就是小水。”爸爸指着我对叔叔说。

没等我喊“叔叔”，叔叔就把几颗糖塞进我手里：“谢谢啊！谢谢啊。”

我马上意识到什么，不由自主地回头看木马。我们的木马就站在稻草堆旁边。天快黑下来了，但遮不住它的火红。它站在那里，就像一把火。它的四蹄没有闲着，一直在做奔跑的动作，一点也不觉得累。

“不错不错，就是它。”叔叔奔向那匹火红的木马。

小林悄悄地拉拉我的衣服：“怎么办？人家找上门了。”

我丢下爸爸，带大家走过去，严肃地说：“你说这是你的马？”

“是是是。我乘卡车连夜往回赶，快到家了，发现马没有了，只好又一路找回来。”

“你说是你的马，有什么证据？”我问。

“有有有。”叔叔摸摸我的头说，“马肚子上有一个小门，那里有三十六块钱。”

我们互相看看，赶紧去找马肚子。果然，那里有一个小机关，拧开就是一扇小门，里面真的有一卷钱。

“这马我们买了！”小铃铛到底是镇上的，说话底气很足。

叔叔说：“买？我不卖。我是花了四十一块五才买来的，我不卖。”

我们急忙在心里算算有没有四十一块五。我们每人最多能得三块钱守岁，这三块钱中，至少要把两块钱垫到学费和书费里去。这样一算，我们是怎么也买不下这匹马了。买不下马，我们的马就要被人牵走。我们的鼻子立即发酸，眼泪说流就流到脸上。

“不哭不哭。我就见不得人哭。”叔叔摸摸这个，摸摸那个，后来就不摸了，只顾擦眼泪。他一提哭，我们哭得更厉害了。

“叔叔，你能不能把马送给我们？”小铃铛问。

叔叔为难地说：“不行啊。这是公家买的，是要放到人民公园里去的。”

“那——你能不能过两天回去？”我退后一步问。

叔叔想了想说：“不行啊，家里人等我回去过年呢。再说，马今天就要放到公园里，明天就有人要参观呢。”

小铃铛把我们拉到一边，说了他的打算。我们一听，都笑了。我把手背到身后，用大人的口气说：“叔叔，你总得吃过饭再走吧？”

“对对对，你总得吃过饭再走。”我们一起说。

爸爸说：“那你就到我家吃饭吧。”

“好吧。”叔叔看看天说。

九

我们的计划是把叔叔灌醉。他醉了就走不了，走不了最好，马就能留到明天。他要是能醉一百年就好了，木马就会在我们这里一百年。我们都是容易满足的人，忘记了最终还是会失去马，现在只是沉浸在我们的计划中。

每年的年夜饭都是这样，爸爸小时候要好的伙伴会到我家吃饭。他们一边说，一边喝酒，一坐就是大半夜，能把几瓶曲酒喝光。我把我们的计划告诉爸爸了，爸爸边点头边笑。他们喝得兴高采烈，我吃得快，吃完了就像以前一样，走东家去西家，把伙伴们都约出来放炮仗。每年我们都是在我家的门前放，今天我们去了打谷场。我们舍不得放“冲天响”。那样的大炮仗我们不多，放一个就少一个。我们放鞭炮，一百响的鞭炮够我们放半夜。

天已经很黑了，除了有些人家油灯的光，就只有天上的几颗星星亮着。打谷场三面空旷，空气冷冷的，但很新鲜，猛吸一口后还想吸，而且能吸得很深。我们掏出从大人那里带来的香烟，一共五支，然后每人拆下一个小鞭炮。我先点上香烟，把烟头对准引线，其他人都捂住耳朵。我见引线冒火花了，急忙一手摔鞭炮，一手把香烟送到嘴唇中间，匀出两只手把耳朵捂住。

“啪！”

一声脆响，一阵火光，空气中顿时就有了好闻的火药味。我看到，我们的马一闪就不见了。再点一个鞭炮，又是脆响和火光，我们的马再次显现。虽然只有一眨眼的工夫，但我们还是看清了马的姿势、马的神态、马的颜色。在鞭炮的脆响和火光中，再加上一股股的火药味，木马真的很神奇，好像就是天上的神马，好像就是专门来和我们做伴的。我们不停地放鞭炮，只为了看我们的木马。

“轰——啪！”

我们放了一个“冲天响”。这次亮的时间长一些。我们看到，木马扬起四蹄在奔跑。飘到它身边的硝烟，又给它增添了威武和神秘。

夜黑得很深了，我们的小名又到了大人的嘴里。我们围着木马，看不见它，就摸它。我们摸到了它的奔跑、它的呼吸。

“木马，你今天夜里睡哪里？”我问。

木马说：“我就站在打谷场上。”

“你不累吗？”小铃铛问。

木马说：“不累。我天生就是奔跑的，而且，我们从来都是站着睡觉的。”

“我们要回家睡觉了，我们明天来看你。”我们说。

木马说：“我们会经常见面的。”

我们把稻草盖到木马身上，觉得它不会冷了，才放心地回去。我们到我家门口，看到爸爸他们还在喝酒。

十

第二天，太阳照到被窝了，我才醒。我突然想到我们的木马，马上跳下床，没把裤子系好，没把衣服扣好，就向打谷场奔。我到那里的时候，伙伴们也到了。我们看到，昨天站木马的地方矮了，地上只有稻草。我们以为木马是在和我们捉迷藏，扑到稻草堆上。我们就连牛栏圈里也找了，没有找到木马。

“木马——”

“木马——”

“……”

我们就像大人找我们一样，对着四面八方呼唤。我们的声音在村子上空飞，在田野上空飞，一直飞到很高、很远的地方。我们没有喊到木马，倒把大人喊来了。大人们穿着新衣服，我们看到我们也穿了新衣服。我们一年做一次新衣服，大人在除夕夜拿出来，脱下我们旧的罩衣罩裤，套上我们新的罩衣罩裤，放到我们平时放衣服的地方。大年初一，我们在去年放衣服的地方，拿到的其实是新衣服。在以前，这是我们最开心的时候，只是今年我们的心思在木马身上。

爸爸给我们一张纸条：

亲爱的孩子们，叔叔今天夜里一定要回去，卡车在镇上等呢。叔叔欢迎你们到县城的人民公园玩。木马在等你们。

我们全愣住了，不知道该怎么办，该说什么。过了年，我们又长了一岁，而长大就是要把自己的眼泪控制住，像大人一样尽量不让它流出来。我们知道了，当我们设下计策，准备把叔叔灌醉的时候，其实大人们早有打算，只是不想伤了我们的心。等我们心满意足地睡着了，大人们又像把木马运回村子一样，把木马运到了公路上，送上了卡车。

“木马——”

我们忽然明白过来，奔出村子，奔过田野，奔向公路。我们跑得飞快，像一匹匹马驹，耳边尽是“呼呼”的风声。太阳在我们的前面，照得我们满眼金光闪闪。公路上没有车子，我们找了好一会儿，也没有看出木马是从什么地方上车的。太阳又高了一些，把天空照得淡蓝，把大地照得发白。田野里有人走动，那是早起拜年的。公路直直地从远方来，再直直地向远方去，好像是来接什么人的，又好像是来送什么人的，无数条乡间

小路和田埂都和它相连。我们猛地感觉到，那村子，那镇子，仿佛就是一匹匹随时准备跃起的马。而我们的木马，常常在梦里和我们见面，一直被我们说到今天。

螳螂，你站住

一

刘油果突然从墙角拱出来，拉着我，粗糙的手像一块老树皮。他嘴里哈着热气，笑着说：“小水，小水你过来。”我硬着身子说：“我没干什么。”刘油果在手上用了一点力，说：“小水，你过来。”他平时看到我，总是讨好地笑着，站到路边，侧着身子等我走过去。今天他反常了，躲在墙角等我，喊我，拉我，有恃无恐。

“我真的没干什么！”我有些害怕，甩着刘油果的手。

“我知道，我知道。”刘油果不松手，把我拉到屋后。他的背驼得很厉害，上身像折叠一样弯向前面。他看人，要把脸扭过来，眼睛从下向上顶，额头上有一道很深的皱纹。我爸爸说，他和刘油果是小学同学。刘油果以前不驼，高大、腿长，随镇上的建筑队在外面做小工。有一天，刘油果和几个人从脚手架上摔下来，另外几个都死了，他保住了性命，背摔断了。这一年，他有了儿子刘锦辉，他的老婆在生刘锦辉的时候死了。

“刘油果抱着刘锦辉到处讨奶喝，硬是把刘锦辉养大了。”我妈妈说。

“小水，有事相托啊。”刘油果拱着手，把脸翻转过来，让我看到他的笑。他的脸倾斜着，像一个被切歪了的南瓜，笑被松垮垮的脸皮兜着，好像随时会掉下去。

我退后一步，背靠着墙。我不知道他要干什么，有些紧张，他的讨好又让我有些不好意思。他是大人，个子应该比我高，但他的背驼着。他像一只老山羊横在我面前，我只要一跨，就能骑上去。

刘油果从怀里摸出一包东西。“东西”用塑料袋子裹着。“滚烫呢。”他左右换着手，腾出手放到嘴边吹气，捏着耳垂给手降温，动作夸张，好像从燃烧的煤炉里捞出一个煤饼。他打开塑料袋，我立即闻到一种熟悉的、热腾腾的香味。里面还有一层报纸，报纸和它包着的“东西”粘着——报纸里是一个肉包子。他小心地揭着，咂着嘴说：“啧啧啧，车站饭店的大肉包子哦。”

肉包子“轰”地点亮了我的眼睛，胃里涌出许多酸水。

西来镇车站饭店的肉包子远近闻名。咬一口就是三层，面、面与肉馅连接的地方、肉馅，结合部三色分明又互相交融。肉包子里的汤汁，从顶端的皱褶口泛出来，浸染成油油的酱色，让人恨不得从那个小口里钻进去。肉包子很好吃，但吃肉包子很难得。有人打赌，扛二百斤麻袋包一分钟之内走二百米，赢的就是一个车站饭店肉包子。妈妈在车站饭店工作，但我也很少能吃到肉包子。我有时候馋狠了，就咬着手指，站在蒸笼面前发愣。

“小水馋成这样啊？”妈妈买一个肉包子给我，“烫啊，慢慢吃。”

刘油果把肉包子举上来，说：“你吃。”我看到了皱褶口的油红，跟着上前一步，伸出手，手又像被烫了似的抽回来。“小水，你吃。”他的手又举高了，肉包子快到我的鼻孔了。他张着嘴，口水从嘴角流出来，一根清亮的细线向下滴。我的目光在肉包子和那条线之间跑来跑去。他羞愧地用袖子一撸，然后一咽。“咳咳咳……”他被口水呛得喘不上气，一只手撑住腿，耳朵根子都憋红了，气急败坏地挤出几个字：“不、脏、的。”

我看了一眼肉包子，把口水咽回肚子，突然跑掉了。

肉包子太贵重了，不是一颗花生，或者一粒水果糖。有肉包子，一向对我点头哈腰的刘油果，就敢拉我，可见肉包子的分量，我不敢随便要。还有一点我不明白，他为什么要请我吃肉包子？

二

我没有跑远，绕到刘油果的后面。刘油果终于缓过气，弓着身子，向四个方向看了看，自言自语说：“小水，小水呢？”他没找到我，说：“我又不会吃掉你。”我不知道他说的“你”是我还是肉包子。他把肉包子放进塑料袋，塞进怀里，一根一根舔掉手指上的油，走出墙角，向西。

我们走路，都直着身体，好像有一根直线从颈脖子那里直通下来，经过腰，在两腿那里分叉。刘油果的那根线是弯的，上半身从腰那里弯向前，两只手垂挂着。不仔细看，还以为他是四条腿。

“刘锦辉！”刘油果走到家门口，高声喊，“刘锦辉！”他转了一圈，撕破嗓子喊：“刘锦辉哎——”

刘锦辉飞快地跑过来。我说的飞快，一点不虚假。没有别的词能形容刘锦辉的速度。如果他从我们面前跑过去，“呼！”像一片影子闪过去。如果他从很远的地方跑来，几乎一下子就扑到我们面前。他跑起来像一只螳螂，他的外号就是“螳螂”。

刘油果举着手要打刘锦辉，又放下手，转了一圈找到一个扫把。“我让你跑。”刘油果发狠地打过去。刘锦辉站着不动。扫把在刘锦辉的头、肩、腰那里都顿了一下，最后斜着落在刘锦辉的屁股上。他喘着气，说：“你怎么不跑啦！你再跑，我、我、我——打、打断你的腿！”

刘锦辉摸了一下腿，向后退了半步，好像身上什么都不重要，唯独腿是宝贝。他的腿确实是他的宝贝，腿细，特别长。他穿着刘油果的旧衣裤。宽大的上衣长到膝盖，裤腿挽着。看上去，他就像两根竹竿挑着一件衣服。

“对！打断你的腿！”刘油果把扫把丢在地上，“你怕了吧？人总有一怕！”刘锦辉又向后跳了半步，好像地上的扫把会蹦起来。“但我现在

不打，我请你吃好吃的。”刘油果摆摆手，从怀里掏出塑料袋，“给你。”肉包子在他的手掌心，他平摊着送出去。

刘锦辉没有接。

“给你啊！”刘油果的声音严厉了，“车站饭店的肉包子！还想怎样？快！趁热！”

刘锦辉还是没有接。

刘油果把身体转回去，顺顺气，再翻扭过来。他的语气软了一些：“快点啊，趁热，一冷就不好吃了。”

刘锦辉不接，“你吃。”刘油果拍拍肚子，“我才吃过，你吃。”刘锦辉说：“你——吃给我看。”刘油果看看肉包子，龇牙咬了一层皮，咂着嘴，然后递给刘锦辉，“轮到你了，你吃。”

一条黄狗从旁边蹿过来，腾空而起，一口咬住肉包子。

刘油果只是一愣，就向前扑。他的腰是弯的，省略了弯腰的动作。黄狗的脚刚落地，他正好扑出去。黄狗从他的怀里蹿走了，他扑了空，栽倒在地。他用双手撑起身子，趁机向前一跃，抓住了黄狗狂奔的腿。

“嗷——”黄狗一声惊叫，肉包子掉在地上。

刘油果和黄狗前面有一棵树。黄狗灵巧地偏过去，刘油果收不住脚，撞在树上。

我吓得紧闭眼睛，又赶紧睁开。树在晃动，一些叶子落下来。刘油果趴在地上，驼背成了一个奇怪的三角。我以为他被撞晕了，他却很快翻过身，侧靠在树上，双手捧着肉包子。我第一次看到“撞”是什么样子。他的额头破了，右眼窝青了，鼻孔下面有血。“没事没事，”他把肉包子被黄狗咬的地方撕掉，“肉包子没事。”他不知道自己的惨样，笑着，血沾到牙齿上，“我没事，没事。你走吧。”

刘锦辉背对着我，两条长腿不停地踩踏着。衣服的下摆遮着他的双膝。他的腿从腰部到脚后跟，在衣服里显出长长的轮廓。他像一只螳螂吊在风里。

我不由自主走了出来。

刘油果和刘锦辉没想到我在。刘锦辉迈开长腿，一步跳到刘油果身后，垂着眼皮站着。“小水——”刘油果惊恐地叫了一声，却没能爬起来。他装出轻松的样子，摊开四肢说：“我——和刘锦辉做游戏的，玩不过他，有点累。”他舔着嘴唇，再一次想爬起来，但只是动了一下身子。

“我没事。”刘油果向刘锦辉挥挥手。

刘锦辉看看刘油果，挪到河边，抱着头蹲下，头埋在裤裆里。

刘油果半个脸肿了，肿胀的皮肉封住了右

眼。右脸牵连到左脸，左眼只剩下一条缝。他看看肉包子，举起来又放下，说：“小水啊，有事相托。”

三

田野无精打采地躺着，一条条田埂像一条条冻僵的蛇。更远处的村庄，在光秃秃的树下排开。高出房屋的树上，有几团大小不一的黑影，那是老鸦或者喜鹊做的窝。

刘锦辉突然出现在田埂上。确实突然，因为他跑得飞快，一眨眼就出现了。如果在其他季节，庄稼掩埋了他的下半身，他像一根竹竿在庄稼上面移动。现在是冬天，庄稼已经收割，麦苗贴服在地，他的奔跑一览无遗。他一跳一跳的，像一只螳螂。

“螳螂，你站住！”有人突然钻出排水沟，挡在刘锦辉面前。

刘锦辉收住脚，看看跑不掉，就抱头蹲着，头埋在裤裆里。

刘锦辉经常被我们欺负。抱头蹲下，头埋在裤裆里，一副挨打的样子，从来不反抗。他唯一反抗的方式，就是拔腿就跑。他和我们个子差不多，但腿比我们长，眼睛一眨就领先了，再一眨就跑远了。

“追！”

刘锦辉只要跑起来，就没人能追得上他，“追”也就是说说而已。很多时候，我们追他，不是想打他，他跑那么快，想打也打不到，我们是为了看他跑。他开始几步跑得慌慌张张，后来跑得一心一意，成了一只奋力向前的螳螂。

“嗷——”我们心里的快活，一个个从喉咙里冲出来，吓得鸡飞狗跳。

刘锦辉家住桐村西边。最初他和我们一起上学、放学。上学的时间到了，桐村最西边的同学最先走出家门，然后第二个、第三个……走一路喊一路，人越来越多，浩浩荡荡。放学了，这支队伍走进桐村，人越走越少。刘锦辉基本上最早出现在队伍里，又最后离开队伍。后来，刘锦辉被我们赶出队伍。“后来”，也就是我们开始打他的时候。天天混在一起，怎么打呢？想打也不好意思。走在一起，一下子就抓住他了，太容易。

刘锦辉不肯离开我们。他宁愿被一下子抓住，宁愿被打，也不愿意离开。我们赶他。他从队伍中间被赶到队伍的尾巴上，鬼鬼祟祟尾随我们。

那也不行！我们派两个力气大的，手打脚踢

拦住他。

刘锦辉只好自己走，上学或者放学，不是赶在我们前面，就是拖在我们后面。他不走我们走的大路，他走田埂。大路就一条，容易被我们抓住；田埂无数条，不知道他挑哪一条，抓他有难度，要碰运气。这激发了我们伏击、围剿的兴趣。

“报告长官，螳螂来了。”

“放他过去。”

那就不准备打。

追打刘锦辉，是一瞬间的念头，就看我们想不想、有没有时间。我们很忙，除了完成老师布置的作业，还有许多活动，下河，上树，摸鱼，掏螃蟹，逮鸟，追鸡，打狗，骑牛，捉知了，偷玉米，烤山芋……然后，就是——突然看见刘锦辉，他在田埂上奔跑。

“报告长官，螳螂来了。”

“准备战斗！”

那就准备打。

刘锦辉在田埂上飞快地跑着，要抓住他，我们必须提前埋伏。我们借助麦子、稻子、黄豆、玉米、杂树、田埂、草堆、墒沟、排水沟掩藏。我们还探出眼睛，根据他走的方向，及时调整位置。冬天的田野空空如也，但我们有办法，事先蹲在排水沟下，或者伏在墒沟里，身上盖一层稻草。

“螳螂，你站住！”有人突然跃起，挡在刘锦辉面前。

刘锦辉收住脚，抱头蹲着，头埋在裤裆里。

刘锦辉很傻。他经常在同一个地方、同一条线路上，被我们伏击。他傻，我们不傻，我们自己增加难度。我们不再估计他走哪条田埂，而是东一个、西一个埋伏，散成一个包围圈。

刘锦辉进包围圈了。

我们跳起来，向中间合拢。我们直挺挺地站着走，手里假装端着冲锋枪，嘴里配合发出“哒哒哒”的声音。

刘锦辉站着，手脚乱动，要跑不跑的样子。

“螳螂，你站住！”我们喊着。

刘锦辉像运动员听到发令枪响，突然离开田埂，选择一个方向猛跑。他跑起来一跳一跳的，像一只螳螂。这只螳螂受到惊吓，慌不择路。他向哪边冲，我们就向哪边增加力量。他忽然一个急转弯，我们慌忙跟着急转弯。他再一个“回马枪”，我们只好跟着“回马枪”。我们跟在他后面追。追是追不上的，我们是赶着他跑。他左冲右突，“网”很快就破了，他像一条鱼冲出网，对准哪一条田埂跑下去。他的背影渐渐变矮、变小，成为一棵小草，最后无影无踪。

四

刘锦辉和我同班，还是同桌。他被我们追打，但他还要回到我们中间，坐到我身边，从早到晚在一起。这种关系让我们尴尬，尤其是让我尴尬。回到学校，“我们”都可以躲着他，但“我”不行，他和我坐在一张板凳上，我的右肘经常碰到他的左肘。我能听到他的呼吸。他的呼吸声有些“吱啦”，好像气管里栽了一排篱笆。我可以做到不和他对视，但没办法不让余光扫到他。

我找班主任方老师，说不想和刘锦辉同桌。

方老师问：“哦？那小水要和哪个坐？”

“我随便，和哪个坐都行，”我可怜巴巴地说，“只要不和刘锦辉。”

“小水，我能看出来，你和刘锦辉的关系最好。”方老师又说：“而且你不喊‘螳螂’，你只喊他的名字‘刘锦辉’。”

我不知道说什么好。我怎么说呢？我和刘锦辉同座位，抬头不见低头见，因为这一点，我就不能像其他同学那样对他，我做不出来。追打他的时候，我躲着他的目光，躲不掉就假装弯腰系鞋带。在教室里，“我们”都能避开刘锦辉，“我”不行，他和我坐一条板凳、用一张课桌。所以，“我”和刘锦辉关系最好，班主任“看出来”了。我不喊“螳螂”喊“刘锦辉”，是因为爸爸妈妈不允许我喊别人不好的外号。

“算了吧，”我对“我们”说，“算了，我们不要追他了。”

“我们”问：“为什么啊？”

“老追一个人，没有意思。”我说。

大家互相看看。大家没想过这个问题，也没想到我会提这个问题。我继续引导：“就像天天喝粥，有意思吗？”立刻有人说：“喝粥没有意思，也要喝啊。”大家看着我，等着我回答。“换个口味啊。”我马上想到了答案。

大家觉得我的话有道理，改追一条狗。

追狗有难度，狗跑起来速度快，也灵巧，尾巴一甩，划出一个弧度就冲出包围圈。狗冲出包围圈后并不逃走，挑衅地看着我们。

追狗有危险，我们都是一起追，人多壮胆。有一次，周金贵一人追一条小狗，小狗跑了几步突然回头，咬住他的脚，不肯松口。他惨叫着，被送到西来街上的卫生院打狂犬疫苗。

“有潜伏期的啊。”医生顾照壁举着针筒，尖细的长针头上，凝聚着一滴药水，“狂犬病，二十年内都可能发作。”

“发作怎么办？”周金贵的爸爸惊恐地问。

顾照壁冷笑着，说：“怎么办？你看着办。”他对周金贵说：“你什么不能追啊，要追狗啊？”

“二十年啊？还早呢。”周金贵不知天高地厚地咧嘴说。

周金贵的爸爸给了他一巴掌，“早个屁！”

顾照壁给周金贵判了二十年徒刑。大家都知道了，二十年内，周金贵随时会发作狂犬病。有经验的人说，如果有人发作狂犬病，最好的办法就是立刻把他弄死，否则他就是疯狗，见到哪个咬哪个。凡是被咬到的，又成为疯狗，再去咬别人，让别人变成疯狗，一直咬下去。大家吓坏了。周金贵生病了、笑了、咳嗽了、跑起来了，大家都会以为狂犬病正在发作，或者就快发作。

周金贵的爸爸一边警惕地看着他，一边流着眼泪对别人说：“他好好的。”

大家将信将疑。“他”也许是好好的，但是颗定时炸弹，二十年内随时会爆炸。大家躲着他，有人甚至木棍、斧头不离身。

周金贵一家过不下去，搬走了，不知道搬到了哪里。

大家改追鸡、鸭、羊。鸡上树了，鸭子掉进粪坑了，羊滚到河里了。这些愚蠢的鸡鸭羊，背后都有聪明的人，接下来被追打的就是我们。我们不怕被追打，每一次追打都是我们快乐的游戏。鸡鸭羊背后的人恼怒了，到方老师那里告状。

方老师让我们罚站：“背贴着墙，腿不许弯。”

“让你们罚站，是为你们好。”方老师悄悄对我们说。我们不明白他的意思。他说：“我让你们罚站，他们的气就消了一大半。”我问：“还有一小半的气呢？”他说：“他们回去，走着走着气就消了。”

我们还是决定追打刘锦辉。

生活枯燥无味，我们必须自找乐趣，需要一个合适的对手。刘锦辉适合做这个对手。他再快，也快不过狗。他不会反抗，不怕他咬人。他的家长不会打我们，也不会到学校告状。这一条很关键，他的爸爸只剩半条命，对哪个都低三下四。他只有爸爸，没有妈妈。这一点同样重要，没有妈妈，家长少了一半。如果家长狠，哪怕狠一点点，我们有天大的胆子，也不敢欺负他的儿子。少年的我们，无恶不作，又永远欺软怕硬。

五

“小水，有事相托。”刘油果舔舔嘴唇，举了举肉包子，“我把刘锦辉交给你。”

“不要不要不要！”我本能地说。我觉得没听清楚，问：“你——把什么给我？”

“刘锦辉。”刘油果说。

我急忙摆手，“我不要。”刘锦辉是一个人，不是肉包子，怎么“给”我呢？我又奇怪地问：“为什么？”

刘油果的脸皮动了几下，好像在笑。

“你要到外面工作啊？”我看看刘油果和刘锦辉，“那你不带刘锦辉去啊？”

“呃——”刘油果没说下去。

刘油果的腰摔断之后，就不到外面去了，在西来车站帮人搬运东西。西来车站是一个大站，路过的长途汽车很多，上下旅客也多。长途汽车顶着高高的行李，摇摇晃晃开过来，好多搬运的人迎上去，然后跟着跑。车一停，他们一哄而上，学着上海话说：“侬东西要搬哇？”“阿拉帮侬搬吧。”“侬白相白相，苦力阿拉来做。”不由分说，把东西甩到背上：“一角铜钱。”

“侬抢钱啊？”客人一步不落地跟着，讨价还价。

“八分铜钱，好哇？”

在车站搞搬运的人，都身高马大，有力气。“嗨！”货物上肩，一溜小跑，赶着回来等接下一个活。刘油果混在他们中间，没有一点优势。有些客人看到他驼背，既担心他体力不行，搬不了什

么，也不敢让他搬，怕把他压趴下。

刘油果指着驼背说：“天生放东西的。”

“伊拉不怕压死啊？”有人说。

刘油果笑着说：“侬试试看哇。”

有人就说：“伊拉敢，阿拉还不敢。”

这时候，刘油果的优势就展示出来了。他指着驼背说：“压吧，再压一点，再压一点。压死不要侬偿命。”然后他侧着身体，张开五指：“五分铜钱。”他看到客人犹豫，竖着中间三根指头：“三分铜钱。”

刘油果背得多、收费少。客人多的时候，其他搬运的人不和他计较。客人少的时候，他这就是不正当竞争，抢生意。他们不和他抢。等他搬运回来，一个人蹿到他后面，用蛇皮口袋或者裤子蒙住他的头，再把他按在地上。大家扑上去，拳打脚踢。最后，把他口袋里的钱掏出来，买一把花生，大家分。

妈妈在车站饭店工作，我放学到她那里去做作业，好多次看到刘油果被打。刘油果一点不警惕，反复在同一件事情上吃亏。他们打他，他抱头蹲着，头埋在裤裆里，和刘锦辉的姿势一样。打得差不多了，他主动掏出口袋里的钱，让他们去买花生。

“你也来一颗。”他们把花生买来了，对刘油果说。

刘油果立刻像一只鸭子，尖着头跑过去，和大家一起吃，还找些笑话说，让他们开心。好像刚才被打的不是他，是另外一个人。有一次，他把一粒花生米扔到半空，张嘴去接。这个动作，正常人做起来都不容易，驼背的他更难。他侧转着身体，歪着嘴，接到了花生，却被呛住了。他呼吸困难，翻着白眼，躺在地上拼命咳嗽。有一个人拎起他，对着驼峰猛击一掌，花生米从喉咙管滚到嘴里，掉到地上。

“花生米差一点就成了花生米。”刘油果捡起花生米，送进嘴里，一边嚼，一边笑着说。

有人就用大拇指和食指做成手枪，对着刘油果的驼峰：“嘣！”

刘油果捂着胸口，倒在地上，弓着背做着前滚翻。

我晚上问妈妈，“花生米差一点就成了花生米”是什么意思。妈妈说，后一个“花生米”是子弹。

我们打刘锦辉，他们打刘油果。我们不让刘锦辉和我们在一起，天天在一起，不好意思下手，所以要赶他走。他们允许他和他们在一起，也不好意思下手，所以要蒙住他的头，让他看不到是哪个打的。

他们打刘油果的时候，我不为刘油果担心，担心也没用。大人下手有分寸，不会把他打死，也不会打“破相”，让人看出来。刘油果也有经验，会保护住自己的要害部位。我担心刘锦辉看到刘油果被打，儿子总不希望爸爸被人家打。如果我看见爸爸被人家打，我是什么心情呢？

我不知道刘锦辉有没有看到刘油果被打。我们之间不说话的。但是，有一次，方老师请我们吃花生，他没有吃。我不知道是不是和刘油果被打有关系。只要看到刘油果被打，我就希望很快打结束，进入吃花生的环节。看到刘油果和他们在一起吃花生，有说有笑，都不会想到他被他们打。

“你为什么不跑啊？”我突然问刘油果。

刘油果的右眼青肿，半个脸像在抽筋。他眯着眼问：“跑？什么跑？”

“你——”我咽了一口唾沫，看看刘锦辉。刘锦辉还抱头蹲着，头埋在裤裆里。我小心地说：“你、你——总——被打。”

刘油果猛烈地咳嗽，出气多进气少。他摆摆手：“咳咳咳……打？那是打……打、打……是咳咳咳……做游戏。”

“游戏？”我问。

刘油果扶着树站起来：“你们——不也做游

戏吗？”

我忽然明白刘油果为什么不跑。他跑了，就“跑”出了队伍，没有办法再回去。他必须留在队伍里，否则就没有生意做。刘锦辉也一样，不肯离开我们，离开我们就是漏单。他看上去被我们赶“跑”了，其实就在离我们不远的地方，随时被我们追，等着被我们抓。

“我真没干什么。”我急忙指指蹲在河边的刘锦辉，“你不信就问刘锦辉。”

六

刘油果说，中午两个过路旅客告诉他，县里要挑选运动员，冬天集训，参加明年春天的地区体育会。他说，两个穿军大衣的人在西来车站饭店吃饭。一个年纪大，胖胖的，胸前挂着一把哨子。一个年纪小，个子高，腿很长，走路的样子和刘锦辉差不多。

刘油果这时候禁不住一个颤抖，一滴血甩落在他的手背上。他看见我盯着那滴血，问：“血？哪里来的？”

“你不疼吗？”我惊讶地问。

刘油果很轻松地摇头：“不疼啊，一点都不

疼，哪里来的血？”他的舌头伸出来，上下嘴唇舔了一圈：“哎哟，有点咸。”

我想说，刘油果，你的脸都肿得不像样子了。我没忍心说。刘油果的脸肿得很可怕。如果两边肿得一样，粗眼一看以为是胖，但两边不一样，右边大，左边小；颜色也不同，右边青肿，左边红肿。青肿的那边，肿得和鼻子一样高，青黑的皮肤鼓起，光亮得透明，一弹就会破。右眼看不见了，左眼只剩下一条缝。

我不敢多看，改口问刘油果：“你要当运动员啊？”

“我不要！”刘锦辉突然说。

刘油果转过身，吼：“我和小水在商量事情，有你说话的分儿？”他要跑过去打刘锦辉，但踉跄了一下，伸出的手撑住树。

刘锦辉的头埋得更深，两个肩膀相对耸立着。

“你是说——”我指着刘锦辉，“运动员？”

刘油果小声问：“你看怎样？”

这太出乎我的意料了。刘锦辉能当运动员？运动员是什么人？他们是把我们能做的事做到我们都不能做的人。比如打球、跳高、跳远、跑——我一愣，问：“跑步？”刘油果高兴了，好像我的回答很重要，就在等我的结论。他竖着大拇指，说：“小水，小水，眼力真厉害啊！一眼就看出来了。”

“呃……”我把要说的话咬住。我不是看出来了，我是没看出来。刘锦辉怎么可能做跑步运动员呢？他的快和运动员的快是两回事，就像螳螂和鸟都有翅膀，但飞起来就不一样了。

“刘锦辉，你跑起来！”刘油果感觉到了我的疑惑，低着头喊。刘锦辉没有动。刘油果的眼角斜着，向上瞄瞄我，冷冷地喊：“刘锦辉，我的话，你听不到啊？”刘锦辉的肩膀耸了一下，还是没动。

刘油果尴尬了，看看我，看看刘锦辉，想不到下一步怎么做。他们一个蹲着，一个弓着，像两个无关紧要的土堆。我在他们中间，站也不是走也不是，很难受。刘油果突然尖起嗓子，厉声喊：“刘——”刚出声，嗓子就破了，哭腔好像光秃秃的树枝，从嗓子里戳出来：“锦——辉——啊——”“啊”字出来的时候，四分五裂。刘锦辉像中枪一样，腾起身体。他愣愣地站了一会儿，两条腿迈开了，很快就不见影子。

“小水，你见过世面，你看怎样？”刘油果深吸几口气，然后问我。

我的脸热了：“我、我没见过世面。”

“你客气啊！你是出过门的。”刘油果摇摇头说，“我也出过门，摔成这样。”

“你爸爸一直出门在外。”刘油果昂扬起来，

兴奋地说，“他一直好好的，是我们的骄傲！”

爸爸在兴化教育局工作。暑假里，妈妈带我从西来镇乘公共汽车去靖江城，再换长途汽车到泰州城，然后换小轮船去兴化城。暑假快结束的时候，原路回到西来镇。寒假，爸爸顺着我和妈妈回来的路，回来过年。

“这就是命。我服的。”刘油果说着，在难看的脸上做了一个鬼脸。

“你要我做什么呢？”我问。

“刘锦辉呢？我要打断他的腿，不知道跑哪里去了！我们在说要紧事，他跑了！”刘油果狠狠地说。

七

太阳偏西，光芒被树林和竹林挡住，寒冷被风吹送到各个角落。刘油果里面是一件套头的暗红卫生衣，外面是一件灰补丁褂子，腰里用布条捆着。鼻子和嘴那里的血凝固住，成了绛紫色的疤痕。

“一个人成天跑，饭量大，吃得就多。国家还养他，还管饱，还给他工资，还派一个教头跟着。”刘油果斜仰着脸问我：“小水，你说有王法吗？”

“我不知道。”我赶紧说，“我要走了。”

“一顿八个大肉包子！外加一碗青菜鸡蛋汤！”刘油果高声说，晃着手里的肉包子，“八个！”

我吓了一跳：“八个？”

“问题就在这里。”刘油果见我有兴趣，激动地说，“是跟着他的人买的，那个人是教头。”

“教练。”我很高兴纠正了刘油果的话。

“啊对，教练。教练自己要了一大碗米饭，一碗白菜豆腐汤，从口袋里摸出一根香肠咬。他说运动员伙食要跟上，要有营养，吃不好要被国家队退回来。退回来，省里就丢脸了。”刘油果的头低着，看不出表情，但语气里有羡慕和愤愤不平，“衣服和鞋子也是国家发的。小水，如果大家都去跑，不把国库吃空啊——”

“只有跑得快的人才能去——去吃。”我提醒刘油果。

刘油果低着头，焦虑地说：“要是一个个都跑得很快呢？”

“总有人更快的。更快的去吃。”我很满意我的回答。

“啊呀，小水就是聪明！”刘油果捶捶驼背，“聪明！和你爸爸一样。我和你爸爸同过学的。”

“你还没有说要我做什么。”我插话道。

刘油果愣了一下，看看肉包子，说：“狗碰了一点皮，里面的肉馅还是好的。”

我不耐烦了，转身要走。莫名其妙，我和一个大人说了那么多的话。

“小水，有事相托。”刘油果跟上来，拉着我。我有些厌恶，看看他的手，还好，肉包子在另一只手上。他说：“我问那个教练，能不能把我家刘锦辉带走。教练说可以的，但到他手上做徒弟，要过县里的关，在地区比赛要有名次，还要看有没有前途。”

刘油果尽量直起腰，拿肉包子的那只手放在驼背上，另一只手放在嘴边，好像捏着一个哨子，换了口气说：“你们县里呢，正在挑选运动员，在冬天训练。明年春天呢，你们地区要开运动会。我会去的，到时候呢，你带你儿子找我。”

“这话是那老师说的。他让我们去找他。”刘油果激动地说。

我还是不明白：“要我做什么呢？”

“有事相托。”刘油果跺着脚，“麻烦小水，帮我做刘锦辉的工作，要他去县里考试。”

我想说不是“考试”，是“选拔”，又觉得纠正了没什么意思。刘油果被撞得面目全非，又被冻得像鬼一样。我想起他平时对我的客气，想起他给我肉包子，有些可怜他，答应他：“好吧。”我想让他早点回去，也想早点脱身。

妈妈在车站饭店工作。我本来要去她那里，被刘油果拦到现在。

“千恩万谢千恩万谢啊！”刘油果拱手说，“不管成不成，我都请你吃大肉包子！”

我下到麦田里，抄近路去街上。天阴沉了，风阴冷了，淡淡的雾在麦田上飘浮。青黑的麦苗，软软地趴伏在地上，好像要睡一个长觉。几只飞鸟，背着沉重的天空，栽进竹林了。我裹紧衣服，缩着脖子，加快步伐，走到西来街上。我在弄堂口转弯，刘锦辉迎面跑过来。他如果不赶紧收住脚，就会和我撞在一起。

我和刘锦辉面对面。他的速度太快，我来不及躲避他。冷风吼叫着，顺弄堂直来直去。这是一个很尴尬的距离，躲不开，又不能不见。我能听到他气管里的“嗞嗞”声。我接连打着寒战，牙齿“咯咯”响。刘锦辉上衣敞开，头上冒着热气。他穿着刘油果的衣裤，衣服下摆垂在膝盖那里，裤腰裹着系在胸口。

我问：“有人追你啊？”这是很长时间以来，我对他说的第一句话。

“没、没——”刘锦辉慌乱地说。

“那你——跑？”

“跑、跑了暖和。”刘锦辉小声说。

“你——为什么不吃肉包子？”我很吃惊自己

会问出这句话，“肉包子啊！”

“啊——我——我不想吃。”刘锦辉埋着头。

“不好吃啊？”我问。

“不知道——我没吃过。”

“那为什么不吃？”我肚子饿了。我好像看到热气腾腾、香气扑鼻的肉包子飞过来，撞在我的脸上，我眼冒金星。

刘锦辉迟疑了一下，靠近我说：“小水，我告诉你一个秘密。”

“什么秘密？”我浑身一震。

刘锦辉喜滋滋地说：“吃了好吃的，就会想，就会馋，吃不到就会难过。没吃过，就不会了。”

我愣住了。我没有想到刘锦辉会说出这样的话。我想到我们平时对他的欺负，想起他像螳螂一样惊恐地奔跑，想起刘油果惨不忍睹的脸，鼻子猛地发酸，一股悲凉向上顶，要撬开我的牙关。我用劲抿嘴，但抿不住：“哇——”我把手搭在刘锦辉尖瘦的肩上，抱着他，哭着说：“你、你、你、去跑吧！”

“啊呀，啊呀，呃——”刘锦辉不习惯我对他的亲切，想推开我，又抓着我，“我不跑。跑也选不上，浪费路费。”

“你不跑，怎么知道选不上？”我拉着刘锦辉的胳膊。

刘锦辉蹲下，把头埋在裤裆里：“要是被选走了，他怎么办？”

八

参加选拔的人在县体育场集中，按项目分批比赛，结束后就走。不是运动会，体育场很冷清，只有几个人甩着膀子走路，还有几个人伏在双杠上看热闹。

刘锦辉站在400米跑道上。

刘锦辉本来不肯跑。我说：“你跑啊，你跑到省里去，肉包子管饱。”我又说：“你可以省下两个，给你爸爸。”

“怎——怎么给？”刘锦辉问。

我说：“你带他走啊！”

刘锦辉答应了。

前天，我到城里找王兵。王兵是我们班的班长，平时和住在西来街的奶奶过，节假日回到爸爸妈妈身边。我想请他爸爸帮忙，他爸爸是县委副书记。

“小水想让刘锦辉参加短跑还是长跑？”王兵的爸爸从会议室出来。他披着军大衣，捧着一个打补丁的搪瓷茶缸。

“不知道。”我说。

王兵头脑灵活，说：“跑一个不长不短的。”

于是就选了400米。

今天早上，我和几个同学坐公共汽车，陪刘锦辉进城。钱是大家凑的，没让刘锦辉出。妈妈给我们每人买了两个肉包子。肉包子在车厢里散发出热腾腾的香味，吸进去，一直热到脚后跟。“我们”和他从来没有这么亲近过，低着头，不好意思对视，也不好意思说话。“我们”大口咬着肉包子，咬进嘴里却是一小块，细嚼慢咽。

我的心情很复杂。我真的为刘锦辉高兴，乡下孩子，不知道自己的前途在哪里，但刘锦辉“跑”了。我当然也妒忌他，他跑得我心里空落落的。他有两条长腿，而他的速度是被我们追打出来的。

“你爸爸呢？”我没话找话说。

刘锦辉背对着我们说：“昨天晚上说帮人运货。”

王兵披着他爸爸的军大衣，在体育场等我们。他给刘锦辉一件红运动汗衫，一条黑运动短裤，一双白运动袜，一双白运动鞋。

“归你了！”王兵说。他喜欢说“归你了”。

刘锦辉穿着他爸爸的长衣长裤，脚下是一双旧黄胶鞋。他向后退着，“我不——冷！”

“这是比赛的！”王兵说，“不是冷不冷的

问题。”

刘锦辉抱着双肩，不肯换。

“上！”王兵挥手，指挥我们扑上去。

刘锦辉抱头蹲着，头埋在裤裆里。这个姿势我们很熟悉，愣了一下，要扒他的衣裤。他护着自己，说：“你们转过去，我自己来。”等我们再转过来，刘锦辉已经面貌一新。他把自己抱得紧紧的，像抱着一堆树枝，蹲在地上，羞涩而窘迫。

400 米选拔要开始了。每组六人，一共五组，刘锦辉排在第三组。五个人穿着比赛服，在起跑线那里活蹦乱跳，刘锦辉畏缩着，像一只瘟鸡。

“行吗？”王兵的爸爸问我。

我赶紧说：“行！跑起来就好了。”

发令枪响之前，刘锦辉站起来。几个老师好像很懂行，指指点点，说这孩子身体条件不错，腿长。我听了，心里高兴。这时候，发令枪响了，五个人跑出去了，刘锦辉没跑。

我们围过去。刘锦辉要哭了，说：“我穿这个，不会跑。”

“你想怎样呢？”王兵的爸爸走过来问。

刘锦辉看着操场边，他的衣服脱在那里。

王兵的爸爸找负责的人打招呼，让刘锦辉穿原来的衣服，和第四组一起跑。

发令枪又响了，六个人跑出去，刘锦辉还是

没跑。

“你怎么不跑啊？”我急了。

刘锦辉连哭都忘记了，像犯了罪似的说：“不知道。我不知道怎么跑，我没听过发令枪。”

我们哀求地看着王兵的爸爸。

王兵的爸爸又找负责人了。负责人拍拍刘锦辉，笑着说：“没关系，刚才就算适应一下。上最后一组。”

“砰！”第五组的六个人一起跨出起跑线，但刘锦辉只是晃了一下，还是站在起跑线这边。

“小水，小水！”我身后有人喊。刘油果的脸用毛巾包着，从一棵树后探出头来，那个高度像一个人蹲在地上。我忽然明白了，刘油果对刘锦辉说晚上运货，是假话。驼背的他连夜赶了四十里，摸到县体育场。

我的眼睛模糊了。

“你想干什么？”我走过去，问刘油果。

“小水，你喊‘螳螂，你站住’，他就会跑的。”刘油果着急地说。

“啊？”

“螳螂，你站住！”每次追打刘锦辉，我们就是这么喊的。刘油果肯定偷看了我们追打刘锦辉，不然怎么知道喊“螳螂，你站住”？可是，我们喊的时间、喊的地方不一样，他是躲在哪里听到的？

我又想到刘锦辉不吃花生，他也在暗地里偷看过刘油果被打？

我来不及细想，跑到王兵爸爸身边，要求再给刘锦辉一次机会。

“他一人跑啊？”王兵的爸爸笑着问。

我点点头，“一人跑。”

王兵的爸爸又找负责人。负责人还是同意了。王兵的爸爸宽厚地对刘锦辉说：“不要紧张啊，听到枪响，你就跑。”他看看跑道，又说：“不要怕，他们听我的。”

“噢——”刘锦辉说。跑道上的他很滑稽，衣服的下摆在膝盖那里，裤腿挽着，黄胶鞋托着他的脚。他像一只螳螂立在地上。

发令员举枪了。发令员把枪伸到发令牌那里。发令员提一口气——

“螳螂，你站住！”我突然厉声喊。

刘锦辉在“螳”字迸出来的一刹那，就跨出一条腿，另一条腿紧跟着拎起来、跟了过去。他所有的力气，原先都像在四处流浪，现在突然找到目标，一分为二，注入长腿。他两条细长的腿来劲了，争先恐后，神采飞扬。

他飞一样跑着。

“噗！噗！”两个肉包子，从刘锦辉的裤袋里跳到地上。

闪电划破少年的天空

（后记）

《小水的除夕》写完之后，心情始终不得平静。书中的那些人物，就在眼前晃动。他们欢笑或者忧伤，眼神澄明。我和他们对视。我用笔把他们拉到我身边，彼此亲热，互相问好。但是，一个恍惚，我已经在他们中间，和他们厮混。我们在屋檐下掏鸟窝，在草堆里捉迷藏，在桑树上吃桑果……直到日薄西山，呼唤我们小名的声音四起，我们不得不向灯亮的地方走去。晚饭碗一丢，我们又找各种理由跑出去，躲在排水沟里吓唬过路的人，伏在冬瓜地里等着抓狐狸精……

现在回头看少年岁月，跃动的都是欢快，就像潺潺流水，经过布满卵石的河滩，清澈奔腾。浸润其中的苦难，都被记忆的网滤过，沉淀到岁月深处。但是，即使再健忘的人，也无法把刻骨铭心如同狂风吹散尘叶那样，丢得一干二净。它们沉默着，沉睡着，如同地下的石油或煤块。一有机会，它们就会重见天日，喷薄而出。

过去的似乎都过去了，时光永不再回。

但是，文字能够让一切召之即来。在夜深人静的时候，我在电脑上敲击着，看着一个个文字，如同流水清澈奔腾。于是，有了《点火》，有了《羊在天堂》，有了《树上的陈光》，有了《稻草的人》，有了《我的爸爸是一个驼子》，有了《大鱼》……它们鱼贯而入，列队成行，摇旗呐喊，欢呼雀跃，让已经远去的少年的田野，生气勃勃。那些曾经揪心的人事，就像骤然划破天空的闪电，让田野纤微毕现。每到此时，我泪眼朦胧，目光如炬。

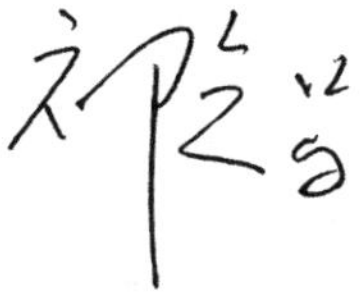

图书在版编目（CIP）数据

羊在天堂 / 祁智著. -- 南京 ：江苏凤凰少年儿童出版社, 2016.9

ISBN 978-7-5584-0114-5

Ⅰ. ①羊… Ⅱ. ①祁… Ⅲ. ①短篇小说－小说集－中国－当代 Ⅳ. ①I247.7

中国版本图书馆 CIP 数据核字(2016)第 210432 号

书　　名	祁智“芝麻开门”成长书系-羊在天堂
著　　者	祁　智
责任编辑	郁敬湘　钟小羽
装帧设计	蔡　蕾
出版发行	江苏凤凰少年儿童出版社
地　　址	南京市湖南路 1 号 A 楼，邮编：210009
印　　刷	江苏凤凰新华印务集团有限公司
开　　本	890 毫米×1240 毫米　1/32
印　　张	7.375　插页 3
版　　次	2017 年 3 月第 1 版 2023 年 7 月第 6 次印刷
书　　号	ISBN　978-7-5584-0114-5
定　　价	22.00 元